JN129924
おっさん冒険者の
遅れた英雄譚
OLD MAN ADVENTURER'S TALE OF A
BELATED HERO
感謝の素振りを1日1万回していたら、剣聖が弟子入り志願にやってきた
深山 鈴 【イラスト】柴乃櫂人

グォオオォォ！

ガイさん、アルティナさんとお知り合いだったんですか？
知り合いというか、さっき知り合ったというか……

師匠は、あたしの師匠なのよ

ガァアアアアァァァッ!!

斬る！

OLD MAN ADVENTURER'S TALE OF A
BELATED HERO

CONTENTS

◆◆◆

おっさん冒険者の遅れた英雄譚

OLD MAN ADVENTURER'S TALE OF A BELATED HERO

感謝の素振りを1日1万回していたら、剣聖が弟子入り志願にやってきた

深山 鈴

【イラスト】柴乃櫂人

プロローグ　ガイ・グルヴェイグ

「邪魔《じゃま》なんだよっ、薄汚い売女《ばいた》の汚物が！」

「うあ⁉」

ガツン！　と、顎を蹴《け》り上げられてしまう。

視界がぐるぐると回転して、地面を転がり、家の壁に激突してようやく止まる。

痛い。体中が痛い。涙がにじんでしまう。

そんな俺《おれ》を見た兄さんは、楽しそうに……とても楽しそうに笑う。

「ははは！　いい格好だな、ガイ。どこの女が母親かわからない売女の息子は、そうやって泥にまみれているのがお似合いだぜ」

「兄さん……どうして、こんなことを……うぐっ」

「俺を兄と呼ぶんじゃねえ！　俺は、てめえみたいなたかることしか能のないゴミを家族と認めたことなんて、一度もねえからな！」

今後は顔を踏みつけられてしまう。

顔が地面に押しつけられてしまい、痛いだけじゃなくて、息ができなくて苦しい。

バタバタと悶《もだ》えて、やめてくださいと懇願して……ようやく足をどけてくれた。

「いいか？　てめえみたいなクズ、とっととこの家から追い出してやるからな。覚悟しておけよ？　ぺっ」

最後に唾を吐きかけてきて、兄は立ち去る。

俺はなにもできず、地面に転がったままで……悔しくて涙をにじませた。

「ぐ……」

いつまでも寝ていても仕方ない。

痛む体をどうにかこうにか動かして、立ち上がる。

庭園にある水場に移動して、土に汚れた顔を洗う。

服がさほど汚れていないのは不幸中の幸いだ。

そうして綺麗《きれい》になったところで屋敷に入り、自室に戻ろうとするのだけど……

「あ……父さん……」

その途中、父親と出会う。

白髪が目立つ頭部と、やや横に広い体。

「……」

父親の視線がこちらに向いた。

その瞳《ひとみ》にはなにも映していない。なんの感情もない。

物を見るような目で俺を見て。それ以上のことをすることはなくて、「汚れているぞ」と注意することすらなくて。

「……」


すぐに視線を外して、そのまま立ち去る。

最初から最後まで、なにも反応しない。

俺をいないものとして認識しているのだ。ここにいると、認めたくないのだ。

そんな父親の背中を見て、俺は、なにもできず、ただただ俯《うつむ》くだけだった。

◇

俺……ガイ・グルヴェイグは、いわゆる『不貞の子』だ。

母は屋敷で働くメイド。貴族である父を誘惑して一夜を過ごして、結果、俺が生まれたらしい。

情けで俺達母子は、屋敷に残ることを許されたものの、待遇は悲惨なものだ。

ボロ部屋で暮らして、周囲の冷たい視線、酷《むご》い仕打ちに耐えるしかない。

異母兄《いぼけい》のハイネは、俺のことが気に入らないらしく、顔を合わせる度《たび》に暴力を振るう。

父は、そもそも俺に興味がないらしく、どうでもいいと考えているようだ。

母は病で他界して、今は俺一人。

屋敷に残ることは許されているものの、それだけで、他はなにも許されていない。

生きる価値を認めてもらえない。

「こんな世界……嫌いだ」

◇

八歳の時、病にかかった。

母と同じ病だ。

どうやら遺伝するものだったらしい。

全身が鉛のように重く感じて、体の節々が痛む。

高熱が続いて咳《せき》が止まらず、そのせいですぐに目が覚めてしまうため、まともに寝ることさえ難しい。

そんな俺を見て、父は久しぶりに……本当に久しぶりに俺と口を利《き》いた。

「ガイ、お前を父のところで療養させる」


父の父。

つまり、俺の祖父。

メイドの噂話で聞いたことがある。

父と祖父は犬猿の仲で、家族でありながら激しい権力闘争をしていたのだとか。

敗れた祖父はろくに人のいない辺境に追いやられたらしい。

そんなところで療養をするということは……俺は捨てられる、ということだ。

不貞の子。

情けで屋敷に置いているものの、面倒な病気を発症してしまった以上、厄介者でしかない。だから、家から追放する。

ハイネにとって、俺は、弟ではなくて汚点。

父にとって、俺は、どうでもいい存在。

そうか。

俺は、誰《だれ》にも必要とされていないのか。

ようやくそのことを理解して、ずっと我慢していたものがあふれてしまい……涙が一粒、こぼれてしまうのだった。

神様、教えて下さい。

俺は、いったい、なんのために生まれてきたんですか……?

1章　剣の道

間もなく。

俺《おれ》は、祖父トマスのところに送られた。

祖父が暮らしているところは思っていた以上の辺境で、街ではなくて、村ですらもない。

山奥にぽつんとある、平凡な小屋。

たったそれだけ。

移動の間に、俺はさらに体調が悪化してしまい、もしかしたら死んでしまうかも？　という危機感を抱いた。

「でも……なんでもいいか」

どうでもいい。

なにもかも、全《すべ》てがどうでもいい。

病気で死んだとしても……いいや。

俺を求めてくれる人はいない、必要としてくれる人はいない。

そんな冷たい世界で生きたいとは思わない。

……そう思っていたのだけど。

「よく来たのう。儂《わし》は、トマス・グルヴェイグじゃ。お主《ぬし》の祖父じゃ」

山奥の小屋に到着すると、祖父が迎えてくれた。

白髪で、体は痩せている。杖《つえ》もついていた。

かなりの高齢のはずだけど、しかし、実際に対面すると抱く印象は真逆だ。若々しい印象を受ける。

それは、祖父が力強いオーラのようなものを発しているからだろうか？

「えっと……」

死んだ魚のような目をしているであろう俺に、祖父は、とても温かい笑みを向けてくれた。春の柔らかい日差しを浴びているかのよう。

予想外の対応に、ついつい驚いてしまい、うまく言葉が出てこない。

「どうしたのじゃ？」

「いや、だって……」

「ふむ……まあ、よい。まずは、お主の病を治さなければな。来なさい。ガイの部屋を用意しておる」

「でも、俺の病気は治らないんじゃあ……」

「そのようなことはないぞ？　厄介な病気じゃが、死病というわけではない。しっかりと治療をして看病をすれば治る」

なら治らないな。

価値のない俺の面倒を見る人なんているわけがない。

……そう思っていたんだけど。


祖父は俺の面倒を見てくれた。

ずっとずっと見続けてくれた。

熱が出た時は、水に濡《ぬ》らしたタオルを何度も交換してくれて。

咳《せき》が出た時は、少しでも楽になるようにと背中をさすってくれて。


「大丈夫じゃ。きっと治る。だから諦《あきら》めるでない」

「今日のおかゆはうまくできたと思うのじゃが、どうじゃろう？」

「少し散歩をするか。寝たきりだと、どうしても気分が鬱屈《うっくつ》してしまうからのう」


祖父はいつも笑顔で話しかけてくれた。

それはまるで、俺はここにいるんだぞ、と教えてくれているかのようで……『ガイ・グルヴェイグ』という個人の価値を認めてくれているかのようでもあった。

そのことは嬉《うれ》しいけど、でも俺は、祖父の全てを信じることができないでいた。

「……どうして」

「うん？　なんじゃ？」

「どうして、ここまでしてくれるの……？　俺、いらない子なのに……価値なんてないのに……」

「あるさ」

祖父はすぐに俺の言葉を否定した。

優しく頭を撫《な》でてくれる。

「儂にとって、お主は可愛《かわい》い孫じゃ。孫を大事に思わない者なんておらん」

「でも、父さんは……」

「忘れろ忘れろ」

「えっと……」

「儂がお主を愛そう。価値があると認めよう。欲してやろ」

「……」

「だから、そのような顔をするな」

「なら……どんな顔をすれば……」

「子供らしく笑っていればよい」

「……うん。ありがとう……おじいちゃん」

自然とそんな言葉が出た。


この日。

俺は、グルヴェイグ家の不貞の子供ではなくて、トマスおじいちゃんの孫になったのだった。

◇

1年後。

俺はすっかり元気になっていた。咳や熱で寝込むことはなくなり、自由に体を動かすことができて、外を走ることもできる。

全部、おじいちゃんのおかげだ。

「ところで、ガイや」

「なに、おじいちゃん？」

「ちと嫌な話をするが……ガイの病は完治したが、また、別の病にかかるやもしれぬ」

「それは……うん」

「そうならぬために、剣術を学ばぬか？」

「剣を？」

「健全な体に健全な魂は宿る、という言葉があってな。体を鍛えることで心や魂を鍛えよう、というものじゃ。無理強《じ》いはせぬが……どうじゃ、やってみないか？」

剣を学ぶ。

その目的は強くなることではなくて、心や魂を鍛えること。すなわち、精神の鍛錬。

とても良いことだと思えた。

「うん、やりたい！」

「そうか、そうか。では、明日から稽古をつけてやろう」

「おじいちゃん、剣を使えるの？」

「昔は、冒険者をやっていたからのう。それなりの腕前じゃ。まあ、本来なら、実力者に指南を頼みたいが、近くの街まで歩いて1ヶ月はかかるからのう……」

「俺、おじいちゃんがいい！　すごい実力者だとしても、知らない人に教わりたくない。おじいちゃんがいい！」

「ほっほっほ、嬉しいことを言ってくれるのう。なら、明日からがんばるとしようか」

「うん！」


翌日から、おじいちゃんに剣を教わることになった。

「ガイは、この練習用の木剣を使うといい。子供には重いが、大丈夫か？」

「う……」

木剣を受け取ると、少しふらついてしまう。

でも、これくらいでくじけていられないと、がんばって木剣を支えた。

「これくらい……だ、大丈夫だよ！」

「ほっほっほ、ガイはたくましいのう」

「えへへ」

「ともあれ、最初はきちんと木剣を扱えるようになるところからじゃな。まずは、素振《すぶ》りを教えよう」

「えー。なんかこう、すごい必殺技とかじゃないの？」

「素振りをバカにしてはならんぞ。剣術の基礎であり、ここをおろそかにしては上達は見込めないからな」

「そうなんだ……うん。俺、がんばるよ！」

「その意気じゃ。では、まずは木剣の握り方からじゃが……」

おじいちゃんの教え方は優しく、そして厳しい。

丁寧に教えてくれるものの、きちんとできるまで何度でも繰り返して、次に進むことができない。

それを不満に思うことはなかった。

むしろ、嬉しい。

誰《だれ》かにものを教えてもらうなんて初めてだ。

病気で1年近く寝込んでいたため、体を動かすことも楽しい。

そしてなによりも、おじいちゃんは、ガイ・グルヴェイグという個人をしっかりと見てくれている。

がんばろう。

「いいかい？　強くなるために剣を振るんじゃない。心と魂を鍛えるために剣を振るんだ。そのために、剣術に対する感謝の念が大事なんじゃよ」

「感謝……？」

「剣のおかげで自らを鍛えることができた、という感じじゃな。どうだい、ガイ。剣術を始めて、元気になったと思わないかい？」

「うん、思う！」

「なら、それは剣術のおかげじゃよ。剣の道を示して、歩いていくことで、剣の神様が祝福を授けてくださったのじゃ。ならば、それに感謝するのは当然のことじゃろう？」

「確かに……そうだね、俺もそう思うよ」

「うんうん、ガイは、色々なことを考えて理解できる、いい子じゃな。ならば、やるべきことはわかるな？」

「ただ剣を振るだけじゃダメ。きちんと感謝の念を込めて振るんだね？」

「正解じゃ。よくできた」

「えへへ」

頭を撫でられて笑顔になる。

嬉しい。

楽しい。

幸せだ。

今の俺は、とても満たされていた。

おじいちゃんがいる。

剣がある。

その二つが、荒野のように乾いていた俺の心に花を咲かせてくれた。

感謝しかない。

だからこそ、おじいちゃんが言うように、感謝の念を込めて剣を振らないといけないんだろう。

なんとなくだけど、そう理解することができた。


その日から、俺は、毎日素振りをすることにした。


両足でしっかりと大地を踏みしめて、両手でしっかりと剣を握る。

剣をまっすぐに、力強く構える。

おじいちゃんに対する感謝、剣術に対する感謝……それらの念を込めて、気を整える。

そして……振る。

それらの一連の動作を一回として、毎日、できる限りの素振りをした。

最初は、素振りはおろか、まともに剣を振ることもできない。木剣の重さに振り回されてしまい、転んでしまうことも度々。

それでも、体が成長するにつれて、少しずつ少しずつ素振りが形になってきた。

一月くらいで、素振りの型は問題ないと、おじいちゃんに太鼓判を押された。

嬉しくて何度も何度も素振りをしたら、手に豆ができてしまい、それが潰《つぶ》れて、数日間は剣が握れなくなってしまった。

「うむ、ガイはがんばり屋さんじゃのう」

「うぅ……手が痛いよ」

「それは、勲章じゃ」

「勲章？」

「それだけ稽古をがんばった、という証しじゃからな。それに、豆が潰れるほどに剣を振れば、その分、手は頑丈になる。今まで以上に素振りをしやすくなるはずじゃ」

「そうなんだ！　じゃあ、また豆ができて潰れるくらいがんばるね」

「これ」

「あいたっ」

こつん、と軽いげんこつを受けてしまう。

「確かに頑丈になるものの、無理をしてはいかん。豆ができるということは、体が悲鳴をあげている証拠じゃからな。そんなことを繰り返したら、体を壊してしまう。無理はせず、一歩ずつ前に進んでいくのじゃ」

「……俺、早く強くなりたいな」

おじいちゃんに剣を習い、1ヶ月と少し。

毎日、素振りを続けている。

でも、強くなったという実感はない。

そんな俺の胸中を見抜いた様子で、おじいちゃんは柔らかい笑みを浮かべて、頭を撫でてくれた。

「焦《あせ》るでない。剣の道は、とても長く険しい。儂とて、まだまだ道半ばじゃ」

「おじいちゃんでも？」

「うむ。一生をかけて学んでいくものなのじゃ」

「そうなんだ……」

「なに。ガイは、剣の才能がある。もしかしたら、儂では到達できなかった『剣の極致』に届くことができるかもしれぬ」

「『剣の極致』？」

「剣を極めた者に贈られる称号、『剣聖』……しかし、さらにその上があるのじゃよ。歴史上、一人しか収めておらぬ、剣の道を踏破した真なる最強の剣士に贈られる『剣神』」

「……『剣神』……」

「ガイならば、『剣神』になれるかもしれぬな。儂を超えてほしい」

「そんなこと……できるかな？」

「できるとも。そのために、焦ることなく無理をすることなく、コツコツ歩んでいくことが大事なのじゃ」

「うん……うん！　俺、がんばるよ！」

「うむ、その意気じゃ」

「えへへ」

また、おじいちゃんに頭を撫でられた。

俺は、このおじいちゃんの手が大好きだ。

優しくて温かくて、いつも俺の心を満たしてくれる。

だから、もっともっとがんばろう。

「まあ、『剣神』は別にして……己《おのれ》の剣の意味を考えるとよい」

「剣の……意味？」

「なんのために剣を振るうのか？　それは、とても大事なことじゃ」

「……目的……」

「しっかりと、じっくりと考えるがよい」

「うん。俺、がんばるよ！」

俺は決意を新たにして、剣の道を進んでいくのだった。

◇

おじいちゃんのところにやってきて、６年。

そして、剣の稽古を始めて５年が経《た》った。

毎日、剣の稽古をして。

それから、夜、寝る前におじいちゃんの冒険譚《たん》を聞いた。

どうやら、おじいちゃんは冒険者だったらしい。

その活躍を聞いていると、俺も、冒険者になりたいという気持ちが強くなる。

そのことをおじいちゃんに伝えると、

「うむ、うむ。ガイならば、立派な冒険者になれるだろう」

「えへへ」

そう言ってくれた。

だから、俺はがんばった。

がんばり続けた。


……でも。


「２９７っ……２９８っ……２９９っ！　くぅ……３００！」

毎日の日課である素振りをして……ただ、３００に達したところで体が限界を迎えて、木剣を落としてしまう。

そのまま座り込む。

「はぁっ、はぁっ、はぁっ……」

足が震えていて、しばらく立ち上がれそうにない。

手もまったく力が入らず、木剣を持つことは難しい。

「どうした、ガイ？　もう終わりか？」

「ご、ごめん……おじいちゃん。もう、力が……」

「そうか……うむ。まあ、そんなところじゃろう。汗を流した後、朝食にしよう」

「うん……」

俺と違い、おじいちゃんはいつもとまったく変わりない。

俺と同じように素振りをして。

さらに、俺は1時間で３００だけど、おじいちゃんは３０００だ。

俺は、おじいちゃんの十分の一。

おじいちゃんはすごい剣士だから、並ぼうなんて考えはおこがましいのかもしれないけど……それでも、稽古を始めて5年も経つのだから、もっといってもいいはずだ。

それなのに、俺は……

「……俺、本当に、おじいちゃんみたいな剣士になれるのかな？　それに、剣を振るう目的ってなんだろう……？」

迷いを抱いてしまう。

自信を喪失してしまう。

そんな俺の心に気づいているのか気づいていないのか、おじいちゃんの態度は変わらない。

普段は優しく、そして、稽古の時は厳しい。

グルヴェイグ家のように俺を見捨てることはなくて、しっかりと丁寧に、根気強く剣を教えてくれている。

そこは本当にありがたいのだけど……でも、学べば学ぶほどおじいちゃんとの差を感じ取るようになって、さらに迷いが大きくなる。

おじいちゃんはすごい剣士だ。

尊敬するし、憧《あこが》れもするし、目標にしたい。

でも……だからこそ、その差を強く実感して、どうしようもなく自分が惨《みじ》めな存在に思えてしまう。

「俺は……」

「……」

「おじいちゃん？」

ふと気づけば、家に戻ったはずのおじいちゃんが足を止めていた。

どうしたのだろう？

不思議に思っていると……おじいちゃんは、ふらりとよろめいて、そのまま倒れた。

「おじいちゃん⁉」

慌《あわ》てて駆け寄り、呼びかけるものの、返事がない。

とても苦しそうにしているけど……これ、どこかで見たような？

って、考えるのは後だ。

おじいちゃんを急いで家の中に運んで、ベッドに寝かせた。

「すごい熱だ……それに、呼吸も乱れていて……そうだ、これは俺の……」

俺が病気で寝込んでいた時の症状とそっくりだ。

でも、どうして？

不思議に思いつつも、俺がしてもらったように、おじいちゃんの看病をする。解熱《げねつ》作用のあるポーションを飲ませて、栄養のあるごはんを作る。

そうして必死に看病をして……3日後。おじいちゃんの意識が戻る。

「……ガイか……」

「おじいちゃん⁉　大丈夫、苦しくない？」

「すまないな……儂は、もう……」

「なんで、そんな……！　だって昨日までなにも……いや、でも……」

おじいちゃんは元気に見えたけど、でも、思い返してみると、最近はそうでもないような気がした。少しずつ衰えていたような気がする。

高齢だから、と思っていたけど……違う。

そうだ。おじいちゃんは、俺と同じ病に侵されていたんだ。

発症したのは、たぶん、俺を看病していた頃。強靭《きょうじん》な肉体と精神を持つおじいちゃんだから、何年も耐えられたのだけど、ここに来て限界を迎えたのだろう。

「おじいちゃん、ごめんっ、ごめんなさい……！　俺のせいで……‼」

「なに、気にするでない……儂はもう、長く生きすぎた。寿命じゃったのだろう……」

「そんなこと言わないで！　絶対に治る！　俺が治してみせる！　だから……」

「ガイよ」

動くのも辛《つら》いはずなのに、おじいちゃんは、俺の頭をぽんぽんと優しく撫でた。

そして、にっこりと笑う。

「儂は、空の彼方《かなた》からお主を見守ろう……肉体は朽ちたとしても、心は一緒じゃ。魂は繋《つな》がっておる」

「……おじいちゃん……」

「……ありがとう、ガイ」

こんな時なのに、おじいちゃんは笑顔だった。

幸せそうに笑う。

「ガイにとっては不幸なことかもしれぬが……ガイが儂のところに来てくれて、嬉しかったよ……大事な家族が一人、できた。ガイが笑顔をくれた。ありがとう……」

「俺こそ……ありがとう、おじいちゃん」

しっかりとおじいちゃんの手を握る。

「おじいちゃんがいてくれたから、俺は……っ……幸せに生きることが、できたんだ……」

「これこれ、ガイも人生が終わるような言い方をするでない……」

「でも俺、一人でなんて……」

「なに、心配するな……ガイなら、うまくやれるじゃろう。やりたいことも……そして、己の剣の意味も見つけることができるじゃろう……今は躓《つまず》いているかもしれぬが、一時《いっとき》のこと。すぐに歩いていけるようになる……」

おじいちゃんは、俺が剣のことで悩んでいたことに気づいていたみたいだ。

さすがというか、なんというか……敵《かな》わないな。

「……おじいちゃん……」

「儂は……一足先に、休ませてもらうぞ。いいか……すぐにこちらに来たら、承知しないぞ？　ガイは、人生を満喫するんじゃ……わかったな？」

「ああ……わかったよ。わかったよ、おじいちゃん」

「うむ……いい子じゃ」

おじいちゃんは優しく微笑む。

そして、俺の頭を一度、撫でてくれて……

そのまま息を引き取った。

◇

翌日。

俺は、家の裏庭に作ったおじいちゃんの墓の前で手を合わせていた。

おじいちゃんが安らかに眠れるように祈る。

「おじいちゃん……俺は、大丈夫。おじいちゃんがいないのはすごく寂《さび》しいけど……でも、なんと

かやっていくよ。あまりメソメソしていたら、心配をかけるから。そうならないように、しっかりと生きていくよ」

だから、どうか見守っていてください。

「よし！」

いつものように、俺は木剣を握る。

くじけている場合じゃない。

悩んでいる場合じゃない。

そんなことをして、おじいちゃんに情けないところは見せられない。

俺はまだまだ未熟で、おじいちゃんの言う剣を振るう目的も……信念も見つけられていない。

でもおじいちゃんは、そんな俺を信じてくれた。

お前ならできると、最後までそう言ってくれた。

なら俺は、鍛錬を続けるだけだ。

「おじいちゃんのような人になりたいから……ただ、ひたすらにがんばろう。壁にぶつかったとしても、躓いたとしても、転がり落ちたとしても……這い上がり、突き進んでいこう」

そしていつか、剣を振るう目的を見つけてみせる。

俺の剣が持つ『意味』を見つけてみせる。

「こんなところで、折れてなんかいられない。俺を信じてくれたおじいちゃんに応《こた》えてみせないと！」

剣の道を進む。

俺は、そう改めて決意をして、素振りを始めるのだった。

◇

「……」

息を潜めて、茂みの中から様子を窺《うかが》う。

野生の猪が水浴びをしていた。

その体は二メートルを超えるほどに大きいのだけど……辺境の山奥だから、天敵もいないため、ここまで育ったのだろう。

息を止める。

足音を殺しつつ、そっと茂みから出た。

猪はまだこちらに気づいていない。

一歩、二歩、三歩……そして、猪まで五メートルほどの距離に近づいたところで、力強く地面を蹴《け》る。

ザッ！　という音がして、土が飛んだ。

猪がこちらに気づいて、威嚇《いかく》するように鳴いた。

牙《きば》を突き出すように突進してくるものの、それは悪手だ。

巨体が目の前に迫るけど、俺は、まっすぐ駆けていく。

まだだ。

まだだ。

もう少し様子を見て……

「今！」

ギリギリのところを見極めて、体を左に傾けつつ、軸足をずらす。

猪の突進を避けると同時に、カウンターの斬撃《ざんげき》を放つ。

狙《ねら》うは首だ。

高く掲げた剣をまっすぐ、縦に振り下ろす。その刃は猪の首を裂くものの、両断には至らない……が、それは想定内だ。

猪は悲鳴をあげて逃げようとする。

「それも想定内」

ヤツが体を反転させたところで、剣を逆さに握り変えて、無防備な背中に刃を突き立てる。厚い皮を貫いて、肉を断つ。

その状態で、柄を握る手をぐいっと回す。

刃が猪の内部の肉を抉《えぐ》る。

さらに悲鳴が大きくなって……

「悪いな」

痛みに悶《もだ》えている猪は隙だらけで、俺は、もう一度その首に刃を立てた。

ビクンと猪の体が震えて……ややあって、その巨体が地面に倒れる。

「よし。うまくいったな」

これで数週間は食べ物に困らない。


……あれからも俺は、おじいちゃんの家に留まっていた。

山を下りて街を目指すという選択肢もあったのだけど、俺はまだ、自分の剣の意味を見つけられていない。

それに、まだまだ未熟だ。

おじいちゃんなら、この猪は一瞬で両断できるだろう。

でも俺は、泥臭い戦いを見せることしかできない。

「もっともっと強くならないと。そして、剣の意味を見つけて……そこまできて、俺は、初めて自分の道を歩いていくことができるような気がする」

だから山に残ることにした。

自給自足の生活は大変だけど、これも剣の修業と思えば辛くない。むしろ、やる気が出てくるというものだ。

「とはいえ、猪なんて久しぶりだな。ここ最近は、狩りに失敗して野草ばかり食べていたから……やばい、腹が鳴りそう。よし。すぐに血抜きと解体をして……っ!?」

瞬間、ゾクリと悪寒がした。

剣を構えつつ振り返る。

「グルル……！」

「くっ、魔物か⁉」

双頭の狼だ。

猪よりも大きく、三メートルくらいだろうか？

槍のような牙が生えた口からは、よだれが垂れている。

「猪を横取りして、ついでに俺も食べる……っていう感じだな。でも、こんなところでやられてたまるか。お前みたいなただの魔物に、いちいち負けてなんかいられない！」

名前は知らないけど、見たことのある魔物だ。

おじいちゃんが、やはり一瞬で両断していた。

俺も同じことができるとは思わないけど……でも、おじいちゃんに剣を教わった弟子だ。師匠の顔を汚さないくらいに戦うことは、たぶん、できるはず。

「……」

「……」

こちらが闘気を発すると、魔物は警戒して足を止めて、低く唸《うな》る。

そのまま睨《にら》み合《あ》い、刺すような気配で互いが互いを牽制した。

時が止まったかのような感覚。

そんな中で、俺は、ひたすらに集中する。神経を研ぎ澄ませていく。

そして……

「ふっ！」

「ガァッ！」

近くにいた鳥が飛び立つと同時に、俺と魔物は動いた。

共に前に出て、俺は剣を、魔物は牙を振るう。

ギィンッ！　と甲高い音がして、俺の剣が魔物の牙に受け止められた。

「くっ……やる！」

力で押し切ろうとして、すぐに諦めた。

馬車を相手にしているかのようで、ピクリとも動かない。

パワーは、向こうの方が圧倒的に上だ。ならば俺は、スピードで勝負する。

牽制の攻撃を放ちつつ、魔物の周囲を駆ける。右へ左へ。ステップも織り交ぜて、常に場所を変えて、ヤツの狙いを安定させてやらない。

「グルァ!!」

苛立った様子で、魔物が吠えた。

くるっと回転して、長い尻尾《しっぽ》を鞭《むち》のように叩《たた》きつけてくる。

剣で防ぐことは難しい。受けたとしても、先がくるっと回転して、身を打つだろう。

後ろに跳んで避けて……さらなる追撃は、バク転で避ける。くるっと後ろに跳んで回転して……

直後、さっきまで立っていた場所を魔物の尾が薙《な》ぐ。

ビシィ！　という音と共に、地面が大きく抉れた。直撃していたら、と思うとゾッとする。

「まだまだ！」

戦いのペースを握られてしまっている。

そう感じたものの、ここで逃げるわけにはいかない。

前に出て、空いた距離を詰める。

大きく踏み込んで……その勢いで地面を蹴り、土を舞い上げた。

目眩《めくら》ましはうまくいき、魔物が怯《ひる》み、数歩下がる。

それが大きな隙となる！

駆ける。

駆ける。

駆ける。

ヤツの懐《ふところ》に潜り込み、そして、ゼロ距離で斬撃を放つ。剣を下から上に、飛び上がるかのように跳ね上げた。

刃は魔物の右の頭部を顎から貫く。

ただ、これで終わりではない。双頭ということは、もう一つの頭も潰さないとダメだろう。俺はすぐに剣を引き抜いて……

「抜けない⁉」

肉か骨が絡《から》んでしまったのか、力を入れても剣を引き抜くことができなかった。

そうこうしている間に、魔物が怒りに全身を震わせつつ、前足を振り上げる。

「くそっ」

剣を手放して、回避に専念した。

轟音を立てて、魔物の前足が目の前を通り過ぎていく。あと一瞬、判断が遅かったら、俺の顔は吹き飛んでいたかもしれない。

怒りに燃える魔物は、さらに追撃をしかけてきた。

両前足を双剣のように振り回してくる。右から左へ。上から下へ。斜め上から斜め下へ。ありとあらゆる角度から、鋭い一撃が飛んでくる。

一撃喰《く》らうだけでもアウト。死を身近に感じた。

武器を持たない俺は、回避に専念するしかない。

このままだとまずい。武器が欲しい。殺されてしまう。体力が限界に近い。神経も磨《す》り減る。呼吸が苦しい。魔物が恐ろしい。

「ダメだ……焦るなっ」

唇を噛《か》んで、その痛みで乱れていた心を無理矢理、落ち着かせた。

そして、冷静に状況を観察する。

魔物の攻撃は激しく、死が目の前に迫っているのだけど……でも、怪我《けが》をしているせいか、攻撃は粗く、軌道を読むことは簡単だ。

このまま避けて、チャンスを狙えばいい。

そう自分に言い聞かせて、俺は、ひたすらに攻撃の回避を続けた。

横に跳んで、上体を逸《そ》らして……時に、かすることは許して致命傷だけは避ける。

死と隣り合わせの綱渡りだ。


そして……


「今だ！」

怪我の影響らしく、魔物の動きが一瞬、鈍くなる。

そのタイミングを逃すことなく、俺は前に出て、再び魔物の懐に潜り込んだ。

そのままの勢いで右の頭部に突き刺さったままの剣の柄を握り、抜くのではなくて、力任せに押し込む。

「ギガァ⁉」

右の頭部から肩までを斬り裂いて、剣が抜けた。

魔物は大きな悲鳴をあげて、のたうち回る。

跳躍して、その上に乗り……

「終わりだ」

直上から剣を振り落とす。

刃を右の頭部に突き刺して……そして、魔物の動きが完全に停止した。

「はぁっ、はぁっ、はぁっ……やった、のか……？」

念の為に警戒を続けて様子を見るものの、魔物が立ち上がる気配はない。完全に死んでいるみたいだ。

「ふぅぅぅ……」

思わずその場にへたりこんでしまう。

今までおじいちゃんに頼りきりだったけど……魔物は、こんなにも強く、そして恐ろしい相手だったのか。

こんな魔物を一瞬で両断していたおじいちゃんのことを、改めて尊敬した。

同時に、おじいちゃんがもういないということに、助けてもらえないということに恐怖する。

こんなことを、これから、何度も何度も繰り返していかないといけない。そんなことは大丈夫なのか？　乗り越えられるのか？

「って、ダメだダメだ。なにを弱気になっているんだ？　いつまで甘えているつもりだ？　しっかりしろ、俺！」

パンッ、と頬《ほお》を叩いて気合を入れた。

おじいちゃんは、もういない。

でも、託されたものがある。教えてくれたものがある。

俺は、前に進んでいかないといけないのだ。

「これくらい、簡単にこなせるようにならないと。だから、これから、もっともっとがんばろう。見ていてくれ、おじいちゃん。俺は……」

誇らしい孫と思ってもらえるように、しっかりと生きていくよ。

◇

朝は素振りをして。

昼は狩りに出て、獲物や魔物と戦う。

そして、夜は家にある本を読んで、独学で文字などを学習する。

どれも大変だけど……一番、苦戦させられたのは、やはり狩りだ。

この辺りの動物はどれも大きく、魔物並みに凶暴で、しかも強い。日々の食料を確保するだけでも大変だ。

それになによりも、魔物が手強い。

再び双頭の魔物と遭遇して、命がけの戦いを繰り広げた。それだけではなくて、他にも多種多様の魔物が存在して、毎日が死と隣り合わせだ。

そんな中で生き延びることができたのは、奇跡としか言いようがない。

もしかしたら、空の彼方にいるおじいちゃんが見守ってくれているおかげかもしれない。

剣の稽古をして。

魔物を倒して、倒して、倒して……日々を乗り越えていく。


そして……


それなりの年月が経ち、それなりに力がついたと思えるようになったのだけど、しかし、俺の剣の『意味』を見つけることはできていない。

おじいちゃんのようになりたいと思った。

強くなりたいと思った。

でも……その先に、なにが待っているのだろう？　俺は、本当はなにがしたいのだろう？

そんな迷いを抱えたまま、俺は、いつものように狩りに出る。

獲物を狩り、現れた魔物を討伐する。

最近は特に苦戦することはなくて、わりと簡単に倒すことができていた。

とはいえ、油断したらいけない。

おじいちゃんと比べると、俺は、まだまだ未熟。もっと鍛錬を積み重ねないといけない。

「うん？」

ふと、動物の鳴き声らしきものが聞こえてきた。

気になりそちらに足を運ぶと、怪我をした狼とその子供が。それだけではなくて、二頭を狙う魔物もいる。

子狼は震えながらも、親を守るために魔物に立ち向かい、吠えている。

その姿は、どこか昔の俺を連想させて……

「やめろ」


ザンッ！


放置することはできず、魔物を両断した。

頭部と胴体のつなぎ目を的確に狙い、首を叩き落とす。

おじいちゃんの真似をして、ここまでできるようになったのだけど……それでも、やっぱりまだまだだ。

切り口を見ると粗い。おじいちゃんなら、もっと綺麗《きれい》に切れていただろう。

「もっと精進しないとな……っと。それよりも、大丈夫か？」

子狼を見ると、警戒した様子でこちらを見ていた。

俺も魔物とさほど変わらない脅威なのだろう。

「なにもしないさ。ほら、今のうちに逃げろ」

「……オンッ！」

ややあって、子狼はお礼を言うかのように、一つ吠えた。

そして、親狼と一緒に森の奥に消える。

その二頭の姿を見て、俺は、不思議な想《おも》いを胸に抱いていた。

「俺は……あの親子を守ることができたのか」

そう呟いた瞬間、カチリとパズルのピースが噛み合ったような感覚を得た。

「そうか……そうだったのか。俺の剣は、『守る』ためにあるんだな」

最初は誰からも必要とされず、世界に捨てられたような感覚を味わって……

おじいちゃんに出会ってからは、ずっと守られてきて……

そんな俺だからこそ、これからは、誰かを『守る』ことが大事になると思う。そうしていかないといけないと思う。

それが、俺の剣の意味だ。

心に抱く信念だ。

今、ようやくそのことに気づくことができた。知ることができた。

「俺の剣は誰かを『守る』ためにある。それが、俺の剣の意味だ」

英雄になるのではなくて。

偉業を成し遂げるわけでもなくて。

ただ、誰かの涙を止めたいと思う。

そのために俺の剣があると、そう確信した。

ただ俺は、まだまだ未熟だ……おじいちゃんを守ることができなかった。

「だから、そんなことが二度とないように……俺は、もっともっと強くなるよ」

それは誓いの言葉だ。

己に課した誓約だ。

大事な人を守るために、俺は、剣を振ろう。

「よし」

決意を固めた俺は、家に戻り、裏庭に移動した。

そして、木剣を握る。

「今日から、またがんばろう」

自分に言い聞かせて、いつもの日課を始めた。


構える、気を練る、剣を振る。

構える、気を練る、剣を振る。構える、気を練る、剣を振る。

構える、気を練る、剣を振る。構える、気を練る、剣を振る。構える、気を練る、剣を振る。

構える、気を練る、剣を振る。構える、気を練る、剣を振る。構える、気を練る、剣を振る。構える、気を練る、剣を振る。

構える、気を練る、剣を振る。構える、気を練る、剣を振る。構える、気を練る、剣を振る。構える、気を練る、剣を振る。構える、気を練る、剣を振る。

構える、気を練る、剣を振る。構える、気を練る、剣を振る。構える、気を練る、剣を振る。構える、気を練る、剣を振る。構える、気を練る、剣を振る。

構える、気を練る、剣を振る。構える、気を練る、剣を振る。構える、気を練る、剣を振る。構える、気を練る、剣を振る。構える、気を練る、剣を振る。構える、気を練る、剣を振る。構える、気を練る、剣を振る。

構える、気を練る、剣を振る。構える、気を練る、剣を振る。構える、気を練る、剣を振る。構える、気を練る、剣を振る。構える、気を練る、剣を振る。構える、気を練る、剣を振る。構える、気を練る、剣を振る。構える、気を練る、剣を振る。

構える、気を練る、剣を振る。構える、気を練る、剣を振る。構える、気を練る、剣を振る。構える、気を練る、剣を振る。構える、気を練る、剣を振る。構える、気を練る、剣を振る。構える、気を練る、剣を振る。構える、気を練る、剣を振る。構える、気を練る、剣を振る。

…………………………

……………………

………………

…………

……

2章　気がつけばおっさんになっていた

「9997、9998、9999……10000！　……ふぅ」

いつもの日課を終えて、小さな吐息《といき》をこぼす。

それから肩にかけておいたタオルで汗を拭う。

「うん、今日もいい感じだ」

1日1万回の感謝の素振《すぶ》り。

小さい頃は1万回を達成することができず、300回が限界だった。

でも、そこで諦《あきら》めることなく、毎日毎日木剣を振り続けて、1万回に到達することができた。さらに鍛錬を重ねると、半日かかっていた素振りが、今では1時間で終わるようになっていた。

朝の運動にちょうどいい感じだ。

「さて、朝食にするか」

近くで野草を採取して、罠《わな》にかかっていた猪を川で解体した。

以前は魔物がちょくちょく襲いかかってきたのだけど、最近はそれがない。どうしたのだろう？

と不思議に思うものの、襲撃がないのならそれに越したことはない。

猪を調理して、朝からガッツリと食べる。

しっかりとした体を作るには、まずは食事から。そんなおじいちゃんの教えを今も守っている。

おかげで、体はずいぶん大きくなったと思う。体力もついたと思う。

肝心の剣の方は……どうだろう？

毎日、素振りは続けているものの、どのくらいのレベルに達しているのか、それを判定してくれる人がいない。

でも、もうずっと素振りを続けているのだ。きっと、それなりの腕を身に付《つ》けて……

「いやいやいや、それは慢心だな」

おじいちゃんに基礎は教わったものの、それだけ。後は、ほぼほぼ独学だ。

そんな俺《おれ》が強くなっているなんて、考えない方がいい。というか、ありえない。

多少、まともになっているとは思うが、まだまだ未熟者であることに変わりないだろう。

「そもそも……鍛錬に夢中になりすぎて、いつの間にかこんな歳《とし》になっていたからな」

朝食を食べ終えて、洗面所に移動して鏡を見る。

そこには、髭《ひげ》を生やしたおっさんの顔が。

「……あれから20年以上経《た》っているのか」

二度と失敗しないように、ひたすら鍛錬に励んだのだけど……気がつけば、おっさんになっていた。

今年で四十歳だ。

「それなりに、とは思うものの……まだ鍛錬を続けるべきだろうか？　それとも……」

◇

……昔の夢を見ていた。


「ガイよ。お主に、一つ、言うておかねばならんことがある」

「どうしたの、おじいちゃん？」

「剣を学んでくれるのは嬉《うれ》しいが、しかし、剣だけに囚われてはいかん。他にやりたいことができたら、剣を止めてもいいのじゃぞ」

「そんなことないよ。俺、剣は好きだよ！　……最近、あまりうまくいっていないのは、ちょっと悩みどころだけど」

「大丈夫じゃ。ガイなら、いつか儂《わし》を超える剣士になれるじゃろう」

「そうかな？」

「儂が保証しよう。ただ……」

「ただ？」

「さっきも言うた通り、剣だけが全《すべ》てではない。ガイには、自由に、好きに生きてほしい。人生を謳歌してほしい」

「おうか……？」

「楽しむ、ということじゃ」

「そんなことを言われても……」

「まだピンと来ないかもしれぬが、いずれ、わかる時が来るじゃろう。儂のことは気にせずに、思うがまま、好きに生きてみるといい」

「うーん……」

「そうじゃな……冒険者なんていいかもしれぬぞ？　自由を謳歌するという点では、冒険者以上の職業はないじゃろう」

「そうなの？」

「うむ。冒険者は自由で、全てが自己責任じゃ。厳しい世界でもあるが、その分、自由も多い。そして、己《おのれ》のやりたいことを果たすことができる」

「……冒険者……」

「まあ、なれと言うておるわけではない。先のことを少しは考えてみてくれ、という、年寄りのおせっかいじゃ」

「まだ、よくわからないけど……うん。俺、ちゃんと考えてみるよ！」

◇

翌朝。

俺は、昨夜見た夢の内容をハッキリと覚えていた。

「冒険者……か」

自由に生きて、自由に死ぬ。全てが自己責任。

おじいちゃんも昔、冒険者をやっていた時があったという。

その思い出話は宝石のようにキラキラと輝いていて、幼い俺は、何度も冒険譚《たん》をせがんだものだ。

「……いいかもしれないな」

四十のおっさんが冒険者になれるかどうか、それはわからないのだけど、挑戦する前から諦めるなんてかっこわるい。できる限りのことをしたい。

それに、冒険者になれば、また一歩、おじいちゃんに近づくことができるかもしれない。おじいちゃんのように立派な人になれる可能性もある。

俺の『守る』ための剣も活きる時が来るかもしれない。

「そうだな……よし。遅いかもしれないけど、手遅れ、ってことはないだろう。今からでも、やれるところまで、がんばってみるとするか」

こうして俺は、齢《よわい》四十にして冒険者になる決意を固めるのだった。


そして、３日後。

準備を終えた俺は、荷物を背負い外に出た。

振り返ると、今まで何十年と過ごしてきた家が。

ここでおじいちゃんと出会い、剣を学ぶことにして、そして……色々なことがあった。たくさんの思い出が詰まっている家で、ここが俺の帰るべきところだ。

「いってきます」

色々な想《おも》いを込めて、そう挨拶《あいさつ》をした。

そして、街に向けて歩き出す。

「えっと……街まで、歩いて1ヶ月くらいだよな？　走れば、もっと時間を短縮できると思うが……のんびりいくか」

特に急ぐ必要はない。

冒険者になりたいと思うものの、しかし、その後、成し遂げたい目標もない。

人生と同じだ。焦《あせ》ることなく、ゆっくりのんびりといこう。

「それにしても……こうして歩いているだけで新鮮な気持ちになるな」

おじいちゃんの家にやってきて以来、そこから大きく離れたことはない。

一人になった後も、必要な物は配達で補っていたため、街に下りたこともない。

だから、今はとても新鮮だ。

ただの景色も、家から離れていると思うだけで、とても珍しいものに見えていた。

「うん？」

「ガル？」

途中、熊と遭遇した。

目と目が合う。

餌になるつもりはない。俺は抜剣して……

「グァ……⁉」

なぜか、慌《あわ》てた様子で熊が逃げていく。

ひどく怯《おび》えた様子だ。

「む？　どういうことだ？」

俺の後ろにさらなる大物がいて……というパターンを考えるものの、周囲に、俺以外誰《だれ》もいない。

別の動物も魔物もいない。

まさか、俺に怯えたわけでもあるまいし……

「ふむ。突然の遭遇だったから、驚いたのだろうか？」

臆病な熊でよかった。

安堵《あんど》しつつ、先を進む。

「ギャン⁉」

「オォ⁉」

「グルァ⁉」

再び熊と遭遇して、しかし逃げられて。

続いて狼と遭遇して、やはりというか、向こうが慌てた様子で必死で逃げて。

挙げ句の果てに魔物と遭遇するのだけど、ひどく驚いた様子で、同じく逃げていく。

まるで化け物を見たような反応だ。

はて？

出会う獣、魔物、全て逃げていくのだけど、どういうことだ？

いきなり遭遇した……から？　獣はともかく、魔物は問答無用で襲ってくるはずなのだが……むう。

思い返せば、ここしばらくは狩りに苦労していたな。猪などを狩ろうとしても逃げられてばかりで、罠に頼ることが多かった。

魔物が寄ってくることもなかったため、苦労ばかりではないのだけど……最近の獣と魔物は、臆病な個体が増えたのだろうか？

あるいは、この辺りに人間が姿を見せることなんてほとんどないから、単純に、見慣れぬ存在に驚いているのかもしれない。

「ラッキーだな。今のうちに、進めるだけ進んでおこう」

この歳まで辺境の家で過ごしてきたため、俺は、外の世界を知らない。

もしかしたら、とても恐ろしい場所なのでは？　と思っていたのだけど、そんなこともないようだ。

幾分、気が楽になるのを感じつつ、旅を続けた。

20日ほどを歩いて、だいぶ周囲の景色が変わってきた。

最初は街道なんてものはなくて、けもの道だけ。

でも、今はきちんと整備された街道があり、とても歩きやすい。

途中、いくらかの村もあり、野宿をしないで済む日もあった。

「少し過敏になっていたのかもしれないな。外の世界は、わりと楽しく、快適なところなのかもしれない」

……そんなことを思ったせいなのか、トラブルと遭遇する。

少し先の方から喧騒が聞こえてきた。

気になり、進路を変更してみると、馬車が魔物の群れに襲われているのが見えた。

ぷちオーガだ。

可愛《かわい》らしい名前とは反対に、その体は三メートル以上で、まるで巨人のよう。鍛え上げられた肉体は天然の鎧《よろい》となり、時に刃でさえ弾《はじ》いてしまう。

直接、戦ったことはないのだけど……それなりの強敵だと、おじいちゃんから教えてもらったことがある。

俺は、大したことのないおっさんだ。

剣を学んでいるものの、まだまだ道半ば。

なにができるか、とても怪しいのだけど……

「しかし、見捨てるという選択はない！」

俺の剣は、誰かを守るためにある。

その信念を胸に、俺は駆け出した。

～Another Side～

「怯《ひる》むなっ、押し返せ！　連中は優れた身体能力を持つが、知識はさほど高くない。連携を取り、一体ずつ、確実に仕留めていくんだ！」

「し、しかし、これほどの化け物が群れを成しているなんて、あまりにも……ぐっ⁉」

「おいっ、よそ見するな！　敵だけを見ろ！」

馬車の外から怒声とも悲鳴ともつかぬ声が聞こえてきた。

中にいる少女は、顔を青くして震える。

「……っ……」

そっと、窓から外を見ると、必死に戦う護衛の兵士の姿が見えた。

精鋭と聞いているが、しかし、相手が悪い。

敵はオーガの上位種……ハイオーガだ。たったの一体で、村を全て更地にしてしまうほどの力を持つ。

そんなハイオーガが一体ではなくて、四体。さらに、その上の個体も確認されていて……人生の終わりを覚悟するには十分すぎる。

「どうして、このような……」

護衛の兵士達が倒されてしまうのは時間の問題。そして、彼らに守られている自分が魔物の慰み物になってしまうことも時間の問題だ。

少女は震えて、俯《うつむ》いて……そして、覚悟を決めた。

自分は誇り高き貴族令嬢だ。

果たすべき義務を全うしなければいけないが、しかし、魔物のおもちゃになるくらいならば、その前に自ら命を絶とう。

そうすることで、人間としての尊厳と誇りを守ろう。

少女は震える手で、いざという時のための短剣を取り出した。

敵に抗《あらが》うための武器であり、魂を汚されないための自害用だ。

少女は震える刃を喉《のど》に向ける。

「お父様、お母様……エストランテの皆様、申しわけありません……」

少女は目を閉じた。

それから、短剣を持つ手に力を込めて……

「グァアアア⁉」

「ギャグゥ⁉」

その時、馬車の外から魔物の悲鳴が聞こえてきた。

驚き、びくりと震えて短剣を落としてしまう。

「えっ、えっ……いったい、なにが……？」

少女は、恐る恐る窓の外を見る。

護衛の兵士ではない、見知らぬ男がいた。

太陽のように温かな雰囲気をしていて、しかし、刃のように鋭い気配をまとっている。

「ふっ！」

男が繰り出した剣撃は、護衛の兵士達があれほど苦戦していた魔物を一刀両断した。

信じられない。

厄災級に届かないとはいえ、それでも、ハイオーガは相対したら死を覚悟するほど強力な力を持つ魔物だ。

護衛の兵士達は防備を固めるのに精いっぱいだというのに、男は、たったの一撃で打ち負かしてみせた。

「ガガッ⁉」

「ギィアアア‼」

突然の乱入者に、魔物達も驚きを見せていた。

ただ、すぐに動揺を収めると、仲間をやられた怒りに吠えて男に飛びかかる。

「危ない！」

護衛の兵士の誰かが叫んだ。

しかし、それは的はずれなものだった。

ハイオーガの剛腕が男に届くことはない。攻撃が達するよりも先に、神速の斬撃《ざんげき》がオーガを死に至らしめていた。

ハイオーガの体は鋼のように硬く、刃を弾くといわれているのだけど……男は、たったの一撃で両断してみせた。

仲間の死に怯むことなく、さらに一体が、背後から攻撃を仕掛ける。しかし、男は背中に目がついているかのように華麗に回避してみせた。

そして、カウンターの一撃。

三体目、四体目のハイオーガが斬り捨てられた。

神業《かみわざ》としか例えようのない戦い方に、兵士達は呆然《ぼうぜん》とするしかない。ベテランの冒険者、あるいは騎士団長だとしても、ここまでのことはできないだろう。

彼は、いったい何者なのだろう……?

「ガァアアアアッ!!」

一際《ひときわ》、強烈な咆哮が響き渡る。

最後の一体は、他の個体よりも体が一回り大きい。

ハイオーガを束ねる、さらに上の個体……オーガキングだ。災厄級と呼ばれている魔物で、たったの一体で街が滅ぶほどの力を持つ。

対峙《たいじ》すれば死を免れることはできない。

巨人のごとき威圧感を放つオーガキングは、部下がやられたことに怒りを表していた。

大木を削って作ったかのような巨大な棍棒を肩に担《かつ》いで、突撃。男に強烈なタックルを見舞うのだけど……

「むっ」

男は、小さくうめいただけで、重量級の大型馬車に匹敵《ひってき》するオーガキングの突撃を受け止めてみせた。

剣を盾のように構えて……しかし、真正面から受け止めるのではなくて、剣をわずかに斜めにすることで、絶妙な具合に衝撃を逃していた。

その証拠に、男の足元は、逃した衝撃でひび割れている。

咄嗟《とっさ》の判断で。

瞬時の行動で。

しかも、オーガキングという災厄級の魔物を相手に怯むことなく、一番堅実な防御をしてみせる。

もはや神業を通り越して、異次元のレベルに達していた。

兵士達は男の技を欠片《かけら》も理解できず、思考停止するしかない。

「無益な戦いは好まないが……悪いが、人を襲うような魔物を見逃すわけにはいかない」

「グォオオオ！」

オーガキングは巨大な棍棒を乱打した。

パワーだけではなくて、スピードにも優れている。岩を砕くほどの強烈な一撃が、何度も何度も風のような速さで繰り出されていく。

常人は回避不可能。なにが起きたかわからないまま、この世と別れているだろう。

そんな攻撃を、男は必要最小限の動きで避けていた。

ミリ単位で見切り、眼前を棍棒が抜けていくものの、目を閉じることはない。

その胆力。

その精神。

あまりにも人離れしすぎているため、兵士達は、戦場に舞い降りた武神なのか？　と本気で考えてしまう。

「グガァッ‼」

オーガキングは、これまで以上の咆哮を放ち、両手で棍棒を握る。そして、天を突くかのように大きく振り上げた。

必殺の一撃を繰り出そうとしているのだろう。

「……」

対する男は、あくまでも冷静だ。

静かな目でオーガキングを睨《にら》みつけて、剣の柄にそっと手を置いた。

小さな呼吸を数回繰り返して……息を止める。

「ふっ！」

鋭く息を吐いた。

同時に、ザッという地面を強く踏みしめる音が響く。

それがなにを意味しているのか、戦いを見守る兵士達はなにも理解できない。

ややあって、男は体の力を抜いて、剣の柄から手を離した。

なぜ？

敵を目の前にして、戦いを放棄した？

兵士達は混乱するが、すぐにその意味を理解する。

「……」

オーガキングは断末魔の悲鳴をあげることもできず、いつの間にか、その首を両断されていた。

首が落ちて、続いて巨体が地面に倒れる。

男は、誰にも見えないほどの神速の抜剣術を繰り出していたのだ。

「……すごい」

男の活躍を見た少女は、本来なら馬車に留まらなければいけないのだけど、我慢できず、外に飛び出した。

「あ、あのっ……！」

「大丈夫ですか？　邪魔になるかとも思ったのですが、そこそこ役に立てるのではないかと思い、ついつい参戦したのですが……」

「い、いえっ！　いえいえいえ！　あなた様がいなければ、わたくしを含め、皆は……」

「はっはっは、そんな大げさな。みなさんのがんばりがあってこそ。おっさんである俺は、少し背中を押しただけですよ。おっさんだけにおっすん、って」

「え」

「あ、いや……と、とにかく、大したことはしていません」

「そのようなことは……！」

「では、これで」

「あっ、お待ちください！　せめてお名前を！」

「いえいえ、名乗るほどの者ではありません」

引き止めるものの、男はそのまま立ち去ってしまう。

追いかけたい。

心からの謝意を示したい。

少女は男を追いかけようとして、しかし、思い直す。

魔物の襲撃で受けた被害は大きい。男のおかげで死者はいないものの、再び襲撃を受けたら、今度こそアウトだ。

そうなる前に、早急に立て直しを図らないといけない。

少女は兵士達の様子を確認して、指示を飛ばして……それから、男が立ち去った方を切なく、そして熱い目で見る。

「……いつか、また会えますよね？」

◇

「おぉ……ここが街か」

歩いて1ヶ月ほどで街に到着した。

初めての街は大きくて広くて、たくさんの人がいて、なにもかもが新鮮だ。

自然と笑顔になってしまう。

「よかった、無事に到着できて。途中、ぷちオーガと遭遇した時はどうなるかと思ったが……うん。おっさんの俺でも、ぷちオーガくらいならなんとかなるな」

人助けができて、自信もそこそこついた。

これなら、冒険者としてうまくやっていけるかもしれない。

まずは冒険者として安定して活動することを目標にして……その後、なにを成し遂げたいかは、また別に考えていけばいい。

「えっと、冒険者ギルドは……お、あそこだな」

剣と盾の紋章を掲げた建物が見えた。

冒険者に依頼を斡旋、仲介すると同時に、様々なサポートを行う……それが冒険者ギルドだ。

中に入ると、途端に賑やかになる。

たくさんの冒険者。そして、彼らの依頼などを捌《さば》いていく受付嬢。活気に満ちていて、自然とこちらのテンションも上がる。

「次の方、どうぞ」

列に並んでいると、俺の番がやってきた。

受付嬢のところに向かう。

「ようこそ、エストランテ冒険者支部へ」

エストランテはこの街の名前だ。

広くもなく狭くもなく、都会でもなく田舎でもなく……そんな普通の街。

「ギルドに対する依頼の発行でしょうか？」

「あ、いや……実は、少し聞きたいことがあるんだ」

「はい、なんでしょうか？　なんなりとお聞きください」

「冒険者になりたいのだけど、どうすればいいのか教えてくれないだろうか？」

「えっ」

受付嬢は目を大きくして驚いた。

「どうしたんだ？」

「えっと……その、あなたが冒険者登録を？」

「ああ、そうだ」

「そう、ですか……」

「……もしかして、冒険者になるには特別な資格が必要なのだろうか？」

「いえ、そういうわけではありませんが……その、すみません。今からとても失礼なことを言いますが、その……大丈夫なのかな、と」

そう言う受付嬢は、心配そうな目をこちらに向けた。

バカにするわけではなくて、下に見るわけでもなくて。ただただ単純に、俺の身を案じてくれているようだ。

受付嬢は、二十歳くらいだろうか？

亜麻色の髪は肩で切り揃《そろ》えている。

スタイルはよく、魅力あふれる女性に見えた。彼女に声をかけられたとしたら、大抵の男性は鼻の下を伸ばすだろう。

そんな彼女は、見た目だけではなくて心も綺麗《きれい》なようだ。

「心配してくれてありがとう。やはり、冒険者というのは難しいものなのかい？」

「そうですね……間違っても安全で楽と言うことはできません。戦闘が目的ではない採取依頼だとしても、魔物と遭遇することがあります。討伐依頼なら戦闘は避けられません。護衛依頼も同じです。もちろん、依頼によって難易度は異なりますが、大半の依頼が戦闘とセットになってしまいます。なので……」

「それなりの腕がないと死んでしまうかもしれない、ということか」

「はい……その、すみません」

「謝ることはない。むしろ、心配してくれてありがとう」

「いえ、そんな……！」

受付嬢は、こちらをじっと見る。

それから、ふんわりと微笑む。

「私、リリーナっていいます。あなたは？」

「俺？　俺は、ガイだ」

「ガイさんですね。では、ガイさんの冒険者登録をさせていただきますね」

「いいのかい？」

「はい。本当はちょっと心配ですけど……でも、冒険者登録は一定の年齢以上なら、無条件で可能です。下限はともかく、上限は定められていません。ここで断るようなことをしたら、私は、受付係失格です」

「……リリーナさん……」

「あ。ただし、最低のGランクからですよ？　Gランクなら、よほどの無茶をしない限り危険はないと思いますが……それでも、気をつけてくださいね？　私、ガイさんが怪我《けが》をしたりするの、嫌ですから」

リリーナの真摯《しんし》な想いを感じた。

出会ったばかりの俺のことをここまで心配してくれる。

とても嬉しく、そして、その気持ちを絶対に裏切ることはできないと思った。

「わかった、約束しよう。絶対に無茶はしない」

「はい、約束です」

リリーナがにっこりと笑う。

俺も笑みを返した。

「まあ、もういい歳なのであまり体も動かず、無茶もできないけどな」

「えっと……？」

しまった、不発だ。

自虐ギャグだったのだけど、恥ずかしい。

「き、気にしないでくれ」

「は、はあ。えっと……では、ここをこうして……それと、ここは……あ、ガイさんのフルネームを教えてください」

「ガイ……グルヴェイグだ」

少し迷ったが、本名を名乗ることにした。

後で偽称がバレて問題になっても厄介だ。

「ガイ・グルヴェイグ……ですね？　では、ここはこうで……最後に魔導具で特殊な印刷を施して……はい、これで完了です」

リリーナが手の平サイズのカードを差し出してきた。

「これが、ガイさんの冒険者証明証となります。依頼を請ける時や報告の際、必要になりますので、決してなくさないでくださいね？　初回は無料ですが、二度目以降の発行はお金をいただくことになるので」

「それじゃあ……」

「はい。冒険者登録、完了です」

「そっか……これで、俺も冒険者か」

カードを受け取る。

手の平サイズの小さな証明証だけど、でも今は、それがとても重く感じられた。

「よし、がんばろう」

「はいっ、がんばってください！」

リリーナの応援は俺に元気を与えてくれる。

冒険者として良いスタートを切ることができそうだ。


……そう思っていたのだけど。


「おいおい、おっさんが冒険者になるとか冗談だろ？」

振り返ると、軽鎧《ライトアーマー》と長剣を装備する若い男性の姿が。たぶん、冒険者だろう。

苛立たしそうにこちらを睨みつけている。

ふむ？

彼とは初対面のはずだ。

言葉も交わしていないから、怒らせるような真似はしていないはずなのだが……？

「おいっ、リリーナ。なんで、こんなおっさんの冒険者登録を許可するんだよ。ありえねーだろ」

「……ガイさんは、冒険者になるための要項を満たしています。それなのに、理由なく却下するようなことはできません。あと、名前で呼ばないでください」

「はっ。おっさん、っていう時点で失格だよ、失格。こんなおっさんが冒険者になったら、冒険者の質が落ちたって、周りに疑われるかもしれないだろ？　そんなのごめんだね」

「ですから、ガイさんは、冒険者になるための要項を満たしています。嫌な例えですが、仮に活躍できなかったとしても、Gランクからなので、そういった冒険者が消えていくことは多々あることで……」

「うるせえなっ！　俺にケチつけるつもりか!?」

「ひっ」

男が怒鳴り、リリーナが怯えてしまう。

どうやら、彼はあまり素行がよろしくないようだ。

とはいえ、先輩冒険者であることに変わりないので、ここは穏便に済ませたい。

「落ち着いてくれないか？」

「なんだよ、おっさんごときが俺に意見するつもりか？」

「いや。先輩冒険者であるあなたの言うことは正しいのだろう」

「へぇ。おっさんにしては、なかなかわかっているじゃねえか。身の程を知っているな」

「俺は世間知らずで、冒険者について疎《うと》い。そして、四十のおっさんだ。あなたが言う通り、大した活躍はできないかもしれない」

「なら、とっとと冒険者証明証を返却しな」

「その……少しだけがんばらせてもらえないだろうか？」

「あぁ？」

「大した活躍はできないかもしれないが、そこそこの貢献ができるかもしれない。薬草採取とか、そういうものは得意だ。採取などでも、ギルドに貢献できるだろう？　あるいは、他にできることがあるかもしれない。だから……」

「うるせえな」

男が剣を抜いて、切っ先を突きつけてきた。

「やっぱ、おっさんはダメだわ。俺は、てめえの話なんて聞いてねえんだよ。辞めろって言ったら、はいわかりました、だろ？　おっさんごときが、Aランク冒険者であるナカラ様に逆らうんじゃねえ」

「えっと……落ち着いてほしい。どちらかが悪いとかそういうことはひとまず置いて、さすがに、街中で剣を抜くというのは……」

「だから黙れって言ってるだろうが！」

かなりの短気だ。

さて……どうしたものか？

冒険者を諦めたくはないが、しかし、トラブルを招いてしまうことはよしとしない。俺が引き下がることで事態が収束するのならば、諦めてしまうことも……

「やめてください！」

見かねた様子でリリーナがカウンターの外に出て、男と対峙する。

「さっきから聞いていれば、無茶苦茶なことばかり……冒険者にふさわしくないのはあなたの方です！」

「……なんだと？」

「当ギルドは、年齢で差別することはありません！　何度も言っていますが、ガイさんは、冒険者になる資格を満たしています。それをダメと言うのはただの差別で、そもそも、あなたが決めていいことではありません！」

「てめえ……ちょっとばかり良い顔をしているからって、調子乗ってないか？　ナカラ様に逆らうってのか？」

「ですから、そういう態度が……」

「あー、もう許せねえわ。お前にも罰を与えてやらないとな。そうだな……その体を差し出せや」

「なっ……!?」

「一晩、好きにさせてくれたら許してやるよ。ほら、受付嬢はギルドのために、だろう？　なら、やることはわかっているな？」

「わ、私は……」

「へへ、それじゃあ……」

「やめろ」

リリーナに手を伸ばす男の手を摑《つか》んだ。

俺に関する文句はいい。彼が言うように、俺はおっさんで、冒険者になったとしても大した活躍は期待できないだろう。

ただ、リリーナにまで害を及ぼそうとするなら話は別だ。

相手が一流の冒険者だとしても、嚙《か》みつくなりなんなりして、おっさんの意地を見せてやろうではないか。

「彼女に手を出すな」

「てめえ……」

「キミのやっていることは、冒険者としてふさわしい行為と言えるのか？　いや、言えない。少し冷静になれ。そうだな、体操をして体を動かすなんてどうだろう？　そうすれば……」

「うるせえなっ！　おっさんごときが、この俺に指示するんじゃねえ‼」

男は、俺の手を乱暴に振りほどこうとした。

ただ……ふむ？

加減してくれているのか、こちらを侮《あなど》っているのか。

大した力が込められておらず、振りほどくことができない。

「な、なんだ……？　こいつ、なんて力だ……」

「なんだ？　キミは、なにを言っているんだ？」

「まるで万力《まんりき》で固定されているかのような……くそっ、離せ！　離せって言っているんだよっ‼」

男は全身をひねるようにして、強引《ごういん》に俺の手を払う。

さすがに、今度は振り払われてしまう。

やはり本気を出していなかったようだ。

「てめえ……舐《な》めるなよ、おっさんごときが！」

「落ち着いてくれ、まずは話し合いを……」

「死ねやぁ‼」

完全にキレた男は刃を向けてきた。

剣を上段に振りかぶると、まっすぐ、綺麗に縦に斬撃を落としてきた。

速い……が、太刀筋が綺麗すぎる故に、軌道は読みやすい。俺は、半身に構えつつ斬撃を避ける。

すると男は、すぐに次の攻撃へ移る。

手足にかかる力を瞬時に再構築して、体勢を変えて、横の斬撃を繰り出してきた。

次は斜め。その次は再び横。縦に降りて、途中で跳ね上がる。回転しての斬撃と、そこから次の動きに繋《つな》げる突き。

連携も見せてきたのだけど……ふむ？

男の剣は鋭く、速い。

しかし、それだけだ。

力に任せるだけで、技術がない。心の重さも感じられない。読み合いもぬるい。

これがAランク冒険者の力……？

「くっ……な、なんだ、このおっさんは？　この俺の剣を、こうも簡単に……くっ、ばかな！　こんなことは認められねえぞ！」

さらに速度が上がる。

が、やはり力任せの剣なので意味はない。

俺はおっさんで、まだまだ未熟者なのだけど……しかし、このような稚拙《ちせつ》な剣に負けてしまうような、やわな鍛え方はしていないつもりだ。

「ちっ……いい加減、死ねや！　おっさんのくせに、うざいんだよ！」

「悪いが、退《ひ》けないな。この場合、非があるのは明らかにキミの方だ」

「だから、俺に説教するんじゃねぇ！」

激高した男は、さらに剣速を引き上げた。

風を断つかのような勢いで、空気が震えていた。

しかし……以下略。

男の剣は甘く、軽く……なによりも、剣に心が込められていない。対処は簡単だ。

斬撃に合わせて、こちらも剣を振る。ただ、攻撃ではなくて防御がメインだ。

強い斬撃は、受けた瞬間に剣を傾けて、受け流す。弱い斬撃は、刃の腹を盾のように使い受け止める。

「くそっ、くそくそくそ！　てめぇ……！」

「どうした？」

「なんで……なんで当たらねえんだよっ⁉」

「自分で考えるといい」

「ふざけんな！　ぶっ殺して……」

「ここまでにしよう」

「なっ……⁉」

大きく剣を振り下ろしてきたところで、絡《から》め取るようにして彼の武器を奪い取る。

そして、逆に剣を突きつけた。

「なっ……え、あ？　い、今、どうやって……」

ふむ？

相手の剣を奪い己のものとする。

これくらい普通のことだと思うが、なぜ、そんなに驚いているのだろう？

「これ以上の騒動となると、騎士団がケンカと勘違いして動いてしまうかもしれない。ここまでにしておかないか？」

「く、くそっ！」

男は慌ててギルドを後にした。

……しまった、剣を返すのを忘れていた。

まあいいか。後で、ギルド経由で返してもらおう。

「それにしても……」

相手はAランクの冒険者。それなのに、俺はまともに戦うことができた。

もしかしたら、俺は、そこそこの腕があると思っていいのだろうか？

「ガイさん！」

リリーナが駆け寄ってきて、キラキラとした目で俺を見る。

「助けていただき、ありがとうございました！　ガイさんって、とても強いんですね！」

「そう……なのだろうか？」

「そうですよ。あんなでも、一応、Aランクですから。剣の達人として有名な冒険者なんですよ？」

そうなのか。

だとしたら、やはり……

「ただ、最近は色々とサボっているみたいで、腕も落ちている、っていう話を聞きますね。今度、ギルドが査定を行い、Cランクへの降格も考えているみたいですが」

「……」

なるほど。

あの男は、本当はAランクの実力を持っていなかった、ということか。

危ない……俺は、勘違いをするところだった。Aランクの冒険者に匹敵する腕があるなんて、なんていうおこがましい勘違いなのだろう。

というか、慢心がすぎる。

おじいちゃんも言っていた。

慢心することなかれ。世界は広い。どれだけ強くなったと思っても、所詮《しょせん》、己は井の中の蛙にすぎないのだ……と。

ある意味、彼の言葉は正しい。

俺はおっさんだ。調子に乗らないように、自身を戒めなければいけないいな。

「納得だ。道理で、雑な剣だったわけだ」

「ふふ。仮にもAランク冒険者の剣技を雑と言ってしまうなんて、ガイさんって、本当にすごいんですね」

「あ、いや。俺にはそう見えただけで、しかし、俺の目がおかしいだけかもしれないわけで……」

「そんなことないですよ。とてもすごいと思います。あのナカラの剣を子供扱いした人なんて、今まで私、見たことありませんから！　ガイさんはすごいです！　私が保証します！」

「そうかい？　ありがとう」

自分をすごいとは思えないが、彼女の想いを否定してはいけない。

称賛の言葉は素直に受け取っておくことにした。

「私、ガイさんを応援しますね。これから、がんばってください！」

「ああ、がんばるよ」

うん。

この笑顔に応《こた》えられるように、俺は、立派な冒険者になろう。

◇

いきなりトラブルに巻き込まれたものの、冒険者登録は無事に完了した。

さっそく依頼を請けて街を出る。

請けた依頼は薬草採取だ。

簡単な依頼だけど、しかし、危険は潜む。採取中に魔物と遭遇する可能性もあるため、しっかりと剣を持ってきた。

「薬草なら慣れたものだ」

おじいちゃんと一緒に暮らしていた時、色々と教えられたからな。

薬草の知識も一通り叩《たた》き込《こ》まれている。

「簡単な依頼だけど……でも、しっかりとやらないとな。こういう小さなものを積み重ねていき、立派な冒険者になるものだろう。塵《ちり》も積もれば山となる。まあ、俺は年齢が積もっているんだけどな、はっはっは」

……虚しいことを言ってしまった。

「よし、完了だ」

1時間ほどで採取が終わる。

後は街へ戻り、ギルドに報告すれば依頼完了だ。

「初日から順調だな。俺は、わりと冒険者の才能があるかもしれないな……って、なにを考えている？　先のことを忘れたのか？　おっさん如《ごと》きが調子に乗るのはよくない」

報告するまでが依頼だ。最後まで気を抜くことなく、しっかりとやろう。

採取した薬草を肩掛け鞄《かばん》に入れた。

そして帰り道を……

「うん？」

離れたところから音が聞こえてきた。

「これは……剣の音？」

おじいちゃんが亡くなった後も、毎日、素振りは欠かしていない。

もはや剣は体の一部。その音を聞き間違えるわけがない。

誰かが戦っているのだろうか？

興味と好奇心で音がする方に足を向けた。

◇

「はぁっ！」

裂帛《れっぱく》の気合と共に女性が剣を振る。

剣の軌跡は緩やかな弧を描いていて、なおかつ、速い。

彼女に襲いかかろうとしていた狼に似た魔物は、その牙《きば》を届かせることなく、両断されてしまう。

「ふぅ」

女性は剣を振り、魔物の血を払い落とした。

その拍子に銀色の髪が揺れる。

腰に届くほどに長く、宝石のような輝きを放つ。

誇張表現ではなくて女神のようだ。それほどまでに美しく、また、力強さも感じた。

腰に二本、剣を下げている。

それと身につけている軽鎧《ライトアーマー》は、急所をしっかりとガードしつつ、体の動きを阻害しないものになっていた。

いったい、彼女は何者なのだろう？

「っ」

不意に、女性は鋭い表情になる。

その視線は少し離れたところから様子を窺《うかが》っている俺ではなくて、別のところに向けられていた。

「グルルル……！」

木々を押し倒しつつ、巨体が姿を見せた。

狼に似ているものの、似ているのは外見だけだ。

五メートルに届きそうなほどの巨体。槍のように伸びた爪《つめ》と牙。そして、三つの頭部。

「なっ……災厄級の魔物のケルベロス⁉　たった一体で、街を滅ぼすことが……ど、どうして、こんなところに⁉」

「む？」

あの魔物は見覚えがあるが……

ケルベロス、という名前なのか？　違うと思うのだが……ふむ？

「「「ガァッ！」」」

「くっ……！」

魔物が飛びかかり、女性は応戦した。

前足による薙《な》ぎ払いを剣で受け止めて……さらに、頭部を蹴《け》りつけて、噛みつきを防いでみせた。続けて、カウンター。風を断つような勢いで、刃を宙に走らせる。

たったの一撃を繰り出したように見えるが……違う。一閃《いっせん》と見せて、計十二の斬撃を同時に放っていた。

その一撃一撃、全てが芸術のように美しい斬撃で、そして、大地を割るほどの力が込められていた。

しかし……互いにすさまじい力を持っているな。

下手に割って入ると、女性の集中力を乱してしまうかもしれない。それ以前に、俺では足を引っ張ることになりかねない。

まずは、様子を見よう。

「ちっ」

舌打ちする女性。なぜか？

彼女の剣が魔物に届いていないからだ。

正確に言うのならば、刃は、確かに魔物を捉《とら》えていた。防ぐことも避けることもできていない。

ただ、ヤツの毛は鋼鉄のように固いらしく、全ての攻撃を弾いていたのだ。

「さすがケルベロス、並の剣じゃ歯が立たないわね。たった一回で、もうコレだもの」

女性が持つ剣は、すでに刃こぼれが起きていた。

あと数撃交わせば、そのまま折れてしまうだろう。

「こんなヤツがいると知っていたのなら、聖剣を持ってきたのに……あたしも迂闊《うかつ》ね」

うん？

今、聖剣と言ったような……？

「でも、ここで退くわけにはいかないわ！　こんなヤツが街に来たら……想像もしたくないわね。あたしの命に代えても、絶対に止めてみせる！」

女性は刃こぼれした剣を捨てて、もう一本の剣を抜いた。

距離をとるのではなくて、あえて力強く踏み込んで、魔物に接近する。そのまま嵐《あらし》のような猛攻をくぐり抜けて、懐《ふところ》に潜り込んだ。

「これなら！」

「「「グァウ⁉」」」

体勢を低くして、下から上に剣を打ち上げた。

刃の腹で頭部を打たれ、魔物が悲鳴をあげる。

それを狙《ねら》っていたらしく、女性は、ポーチから小さな球状の物体を取り出すと、魔物の口の中に放る。

グワッ！　という轟音と共に、魔物の頭部の一つが炸裂した。

たぶん、特定の魔法の力が込められた魔導具を使用したのだろう。

「このまま押し切る！」

女性は風のような速度で魔物の死角に回り込むと、斬撃を繰り出す。

その剣は速く、速く、速く……とても速い。

ともすれば視認できないほどで、音速を超えているのではないだろうか？

しかも、ただ単純に斬りつけているのではなくて、何度も何度も同じ箇所を狙っていた。

魔物が高い防御力を持っていたとしても、同じ箇所を攻撃し続けることで、それを突破することができる。そう考えたのだろう。

「はぁあああああ！」

裂帛の気合を迸《ほとばし》らせる女性は、攻撃を繰り返していく。

もちろん、魔物もやられっぱなしではない。

前足を振りかぶり、牙を打ち鳴らして、カウンターを放つ。

しかし、それが女性を捉えることはない。

速い。

彼女はあまりにも速い。

魔物が攻撃を放った直後には、すでに場所を変えていて、再び死角に回り込んでいる。時に跳躍して、立体的な動きで撹乱している。

縦横無尽に駆けつつ剣を振るうその姿は、妖精《ようせい》のように美しくもあった。

一回、二回、三回……
十、二十、三十……
そして、百を超える斬撃を繰り出していく。

十秒にも満たない短時間で、それだけの技を魅せていた。

彼女は素晴らしい剣士だ。

機会があれば、ぜひ剣について色々なことを教えてもらいたい。

ただ……

「グガァッ!!」

それでもまだ、魔物に届かない。

百を超える斬撃を浴びたはずなのに、魔物は致命傷を受けていない。それなりのダメージも受けていない。

怒りを誘うだけ。

「ガルゥッ!!」

「ちっ、この犬っころめ……！」

女性は魔物を睨みつけて、さらなる攻撃を……叩き込もうとしたところで、石を踏んでしまい、わずかに体のバランスを崩してしまう。

魔物はその隙を見逃さない。

四肢でしっかりと大地を踏みしめつつ、回転して尻尾《しっぽ》で薙ぎ払う。

女性は体を横に倒すことで回避するが、無理矢理の動きなので、次に続かない。

魔物の追撃を避けるのは諦めて、受け止める方向に変えた。

敵の攻撃に合わせて剣を振るい、弾いてみせる。

何度も何度も何度も……何度も弾く。

猛攻は彼女に届くことはない。

彼女の防御もまた、鉄壁である。


ガガガガガガガッ!!


女性とケルベロスの戦い。

それは、もはや嵐と表現するのが正しい。剣撃と爪牙撃。刃と牙が繰り返し激突して、そして、触れる者全てを切り刻む嵐と化す。

音速を超えるほどの速度で動いて、激突して、技を繰り出して……

「はぁあああああっ!!」

「ガァアアアアッ‼」

ありったけの力で攻防を繰り返していく女性と魔物。とても激しい戦いなのだけど、同時に、ついつい見入ってしまうほどに洗練されたものでもあった。

魔物は頭部の一つを失っているため、最初に比べると、やや勢いが衰えている。

対する女性は魔物の動きに慣れてきたらしく、さらに速度が増す。

一見すると、女性が押しているように見えるが……このままだとまずいな。

女性は、『技』で負けていることはない。魔物を押している。

ただ、決定打に欠けていた。

それと、ヤツに比べて体力が足りていない。

次第に動きが鈍くなり、それは、やがて致命的な隙を作ることになる。

「あっ……⁉」

疲労が溜《た》まっていたのだろう。

魔物の渾身の一撃が女性の剣を弾き飛ばした。

「グルァッ！」

「ちっ……！」

剣を失った女性に魔物の牙が迫る。

女性は剣を失いながらも、まだ諦めていない様子だ。体術で迎え撃ち、もう一度、武器を取り戻すために剣に視線をやる。

……しかし、これ以上は無茶だ。

剣を失っているだけではなくて、体勢も崩している。

うまく乗り切れたとしても怪我は避けられない。

負傷したらさらに体の動きが鈍くなり、そのまま……

「ダメだ！」

俺は、四十のおっさんだ。

おまけに、冒険者になったばかりの初心者。

なんの役に立てる？　普通に考えて、なにも役に立てない。

ただ、ここで逃げるわけにはいかない。

俺の剣は、『守る』ためにある。

なればこそ、今こそ剣を振るおうではないか。

「そこまでだ」

「えっ……⁉　あ、あなたは……」

女性は驚いて、

「グルルル……！」

魔物は低い唸《うな》り声を響かせつつ、動きを止めた。

女性に襲いかかるのではなくて、こちらを睨みつける。

「ケルベロスが警戒している……？　って……そうじゃない！　どこの誰か知らないけど、逃げて！　殺されるわよ⁉」

「しかし、俺が逃げたらキミが殺されてしまう」

「えっ」

「俺がキミを守る」

剣を構えて、魔物を常に真正面に捉える。

ヤツの一挙一動、その全てを見逃すな。攻撃のタイミングを計れ。1秒たりとも気を抜くな。集中しろ。

己に言い聞かせつつ、魔物と対峙すること1分。

「ガァッ！」

先にしびれを切らしたのは魔物だ。

後ろ足で大地を蹴り、前足をこちらに叩きつけてくる。

ふむ？

こうして実際に相対すると……

……遅くないだろうか？

思っていたよりも脅威を感じることはなくて、魔物の攻撃をしっかりと読むことができた。

体を一歩分、横に。必要最小限の動きで回避する。

「あぶなっ……え、嘘《うそ》⁉　今の一撃を回避するの⁉」

「こいつは……本当にケルベロスなのか？」

「あんた、いきなりなに言っているわけ⁉」

「いや、しかし。ケルベロスは災厄と呼ばれているほどの脅威と聞いていたが、しかし、それほどの脅威とはとても思えないのだが」

「ケルベロスがそれほどだったら、他の魔物ぜーんぶどうでもいいってレベルになるわよ⁉　あんた頭おかしいんじゃない⁉」

「……さすがに、その台詞《せりふ》はひどくないか？」

「あんたがおかしなことを言うからでしょ⁉　っていうか、あたしと話なんかしていないで、ケルベロスに集中しないとやられ……やられていないわね」

女性と話している間も、ケルベロスは猛攻を繰り広げていた。

前足で薙いで、三つの頭で噛みついてきて、巨体を叩きつけてきて……休む間もなく攻撃を続けている。

しかし、その全てが軽い。

そして、遅い。

女性と話をしながらでも、片手間で十分対応できた。

「ど、どういうこと……？　このあたしでさえ苦戦したケルベロスを赤子扱いするなんて……」

「実際、こいつはケルベロスの赤ちゃんなのではないか？」

「そんなわけないでしょ！　それだけの大きさで赤ちゃんだったら、大人になったら大怪獣になっちゃうじゃない!!」

「なら、ケルベロスに似た、ぷちケルベロスという魔物の可能性は……」

「ないわよ！　そんなの聞いたことないわ！　っていうか、そんなどうでもいいことを考えるくらい、あんた、余裕なのはどういうことなのよ!?」

俺も謎《なぞ》だ。

ケルベロスというのだから死を覚悟していたのだけど、意外となんとかなっていた。

やはり、こいつは「もどき」と呼ばれている、ぷちケルベロスなのではないか？　家にいた頃、ちょくちょく遭遇して、討伐していた。

魔物の図鑑に載っていないものの、俺が倒せるくらいなのだからもどきなのだろう、と思っていたのだが……そうでないと納得ができない。

と、いけない。

女性が言うように、余計なことを考えている場合じゃない。今はまず、この魔物の討伐を第一に考えよう。

油断禁物だ。

「すぅ……」

魔物の頭部の一つを蹴り、その反動で後退した。

そうして距離を取り、深呼吸をして力を溜める。

剣を上段に構えた。

高く、高く、高く……天を突くかのように刃を振り上げる。

全身の力を使い。

ありったけの力を込めて。

「終わりだ」

叩きつけるように剣を振り下ろす。

キィンッ！　という甲高い音。

風を、音を、空間を断つ。そして……

「……」

断末魔の悲鳴をあげることも許されず、魔物は縦に両断された。

「……え？」

女性が呆《ほう》けた様子で、ぽつりと声をこぼす。

「今、なにを……気がついたら、ケルベロスが真っ二つに……うそ、なにも見えなかった……」

「これでよし。大丈夫か？」

「というか、たったの一撃で……？　ありえない、ありえないわ……相手は、災厄級のケルベロスなのよ？　あたしの剣も通用しなかったのに、それを一撃なんて……」

「えっと……俺の声は聞こえているかな？　怪我は？　ポーションならすぐに作れるけど、飲むかい？」

「……あっ」

ややあって、女性は我に返る。

「う、ううん、大丈夫よ。これくらい、大したことないから」

女性は弾かれた剣を拾い、鞘に収めた。

もう一本の折れた方も鞘に戻す。

「えっと……助けてくれてありがとう。あなたがいなかったら、あたし、今頃《いまごろ》、ケルベロスのお腹の中ね」

「そんなことは……ああ、そうか。というか、俺が余計なことをしたのかもしれないな」

「どういう意味よ？」

「キミが先に戦い、ヤツの体力を大きく削っていた。頭部も一つ、潰《つぶ》していた。だから俺の剣が通じた……そんなところじゃないだろうか？　手柄を奪うようなことをして申しわけない」

「そんなわけないでしょ!?　ケルベロスは、まだまだ元気いっぱいだったわよ！」

「なら、集中力が途切れていたのかもしれないな。やはり、キミのおかげだ」

「最後、ものすごく集中していたように見えたけど……その上で、あなたがあっさりとその上をいって、ぶった切ったように見えたけど……」

「はっはっは、キミは面白《おもしろ》い冗談を言うな。俺のようなおっさんが、まともにやってケルベロスに勝てるわけがないだろう？」

「あなたの存在が冗談よ」

なぜだ……？

「って……ごめん。助けてもらっておいて、自己紹介もまだだったわね。あたしは、アルティナよ。アルティナ・ハウレーン」

「俺は、ガイ・グルヴェイグだ」

「あたしは冒険者なんだけど、ガイも冒険者なのよね？」

「一応な」

「そっか。やっぱり冒険者仲間だったのね。とはいえ、あたしのことを知らないみたいだし……うーん、まだまだ修行不足ね」

「うん？　もしかして、ハウレーンさんは有名な方なのかい？」

「アルティナでいいわよ。あたし、これでもAランクで、『剣聖』の称号を授《さず》かっているの」

「へぇ！　そいつはすごいな」

剣の達人に贈られる称号が『剣聖』だ。剣を極めた『剣神』の一つ下で、その称号を持つ者は極めて少ない。国に一人いるかいないか、といったところ。

「すごいって言ってくれるけど、ちょっと自信をなくしちゃうわ……」

「どうしてだい？」

「今まさに失態を見せて、助けてもらったばかりじゃない。まだまだ未熟、ってことを痛感したの」

アルティナはため息をこぼす。

ただ、今のは軽い愚痴だったみたいだ。

すぐに元気を取り戻した様子で、こちらに視線を戻す。

「ところで、あなたはどんな称号を授かっているの？　二つ名は？　さぞかし名のある冒険者と見たけど……うーん、ガイ？　この辺りでは聞いたことないかも」

「それはそうだろう。俺は、冒険者になったばかりの初心者だからな」

「はぁ⁉」

なぜ、そこで驚くのだろう？

「初心者って、ウソでしょう⁉」

「いや、本当だ。ほら」

冒険者証明証を見せた。

「ランクは……Gランク……登録日は……今日……」

アルティナは愕然《がくぜん》とした表情になって、ぱくぱくと口を開け閉めして。

それから、がくりとうなだれた。

「最低ランクで、おまけに今日なったばかりのド新人に負ける剣聖って、い、いったい……もうやだぁ。あたし、田舎に帰るぅ……」

「ど、どうしたんだ、いきなり⁉」

「気にしないで……あたしはピエロ。調子に乗りすぎていた、滑稽すぎるピエロ……そのことに気づいただけよ……は、あははは。いや、カエルかも。井の中のカエル……げこぉ」

「えっと……よくわからないが、間違いがあったのだとしても、やり直すことはできるんじゃないか？」

　壊れた？

「それは……」

「俺を見てほしい。俺は、見ての通りおっさんだ。しかし、冒険者になることができた。人生、いくらでもやり直しは利《き》く。だから、諦めないでほしい。前を見てほしい。きっと、その先に輝かしい未来が見えてくるはずだ」

「……」

　俺の言葉は、少しは届いたのだろうか？

　なにか考えている様子で、アルティナはじっとこちらを見た。

「……どうして、そんなに優しくしてくれるの？」

「当たり前のことを言っているだけだ」

「……当たり前……」

　なにやらショックを受けたような顔に。

　ただ、同時に晴れやかな表情でもあった。

「ただ、剣の腕がすごいだけじゃない。心の力……器の大きさがとんでもないわ。それに比べてあたしは……ダメね、色々な面で負けて当然よ。でも、この人なら……」

「えっと……？」

「ねえ！」

アルティナは、ぐいっと詰め寄ってきた。

とても真剣な顔をして、ついついその迫力に呑《の》まれてしまう。

「お願いがあるの！」

「な、なんだい？」

「あたしを弟子にして!!」

3章　剣聖が弟子入り志願にやってきた

「あたしを弟子にして‼」

アルティナは、とても大きな声で、強い決意と共にそう言い放ち……

「ええ⁉」

俺《おれ》もまた、彼女に負けない声量で困惑の声を上げた。

俺に弟子入り志願？

剣聖のアルティナが？

「いやいやいや……おっさんをからかわないでくれ」

「冗談なんかじゃないわ、あたしは本気よ！」

「ええ……」

確かに、アルティナは本気だ。

こんなウソや冗談を言うような子ではないだろう。

それでも信じられず、困惑の方が強い。

なぜ俺なのだろうか？

俺は、冒険者になったばかりの新人で、そして、なんてことのないおっさんなのに。

「お願い、あたしを弟子にして！」

「ま、待ってくれ。アルティナは剣聖で、俺は、初心者冒険者だ。普通、立場が逆じゃないか？」

「でも、あなたは普通じゃないもの」

「俺は、『平凡』という言葉がとてもよく似合うと思っているのだが……」

「鏡を見たことある？」

「毎朝、髭《ひげ》を剃《そ》る時に」

「髭だけじゃなくて、己《おのれ》の非常識も剃りなさい」

ひどい言われようだ。

この子、一応、俺に弟子入りしたいんだよな……？

ここまで言うか、普通。

「しかし俺は、本当に大した人じゃないのだが……」

「この際、あなたの認識はどうでもいいの。あたしが、あなたをすごい剣士と思った。そう認めた。教わりたいと、心の底から思った。だから……」

アルティナが深く頭を下げた。

「どうか、あたしを弟子にしてくださいっ!!」

まいった、この子は本気だ。

本気の中の本気。何度断ったとしても諦《あきら》めないだろう。

ずっとずっとお願いしてくるだろう。

叶《かな》えるために、なんでもするだろう。

もっと強くなりたい。もっと剣をうまく扱えるようになりたい。

俺も、一応、剣士なので、その気持ちはわかるつもりだ。

アルティナの覚悟に触れた俺は、少し考えて……ややあって苦笑する。

「……わかった」

「それじゃあ！」

「俺は、まだまだ修行中の身で、なにを教えられるかわからないが……それでもよければ、一緒に剣の道を歩んでいこう」

「ありがとう、師匠！」

アルティナは満面の笑みで抱きついてきた。

「っと……子供みたいだな」

「あっ……ご、ごめん。じゃなくて、すみません」

「いいさ、気にしていない。それと、かしこまった口調じゃなくていい。普段通りにしてほしい」

「でも……」

「一応、師匠ということだけど、俺としては、共に剣の道を歩む仲間と思っている。だから、気を楽にしてくれたら嬉《うれ》しい」

「師匠……ええ、わかったわ。なら、普段通りにさせてもらう」

「ああ、頼んだ。それと、これからよろしく」

「こちらこそ、よろしくね！」

笑顔で握手を交わした。

細い手だ。

ただ、しっかりと鍛えられていることがわかる。

アルティナ・ハウレーン。Ａランクの冒険者で、おまけに剣聖……こんなすごい子に、俺は、いったいなにを教えられるのだろう？

というか、俺が教わる側だと思うのだが……いかんいかん。

色々と疑問は多いものの、ただ、一度引き受けたことだ。弱気になるのではなくて、なにをしてあげられるか、そこをしっかりと考えていこう。

それが責任というものだ。

「アルティナ。最初に言っておきたいが……」

「ええ、なにかしら？」

「共に剣を学ぶと決めたものの」

「あたしにとって、ガイは師匠よ。教わるつもりでいるわ」

「えっと……まあ、それはそれでいいか。で……その際、俺は色々なことを口にすると思う。例えば、剣を握る時は重心を意識するのが大事だ、とか。あ……メモはしなくていい。今のは、あくまでも例えだから」

「そう？」

「もちろん、俺は、俺なりに考えて正しいことを伝えようとする。ただ、それをすぐに信じないでほしい。一度、疑い、考えてほしい」

「どういうこと？」

「剣の道は、人それぞれだろう？　こうすればいい、なんていう絶対的な解答は存在しない。人の数だけ剣の道がある。だから、その考え方は合わないな、って思ったら受け入れる必要はない。納得できるところだけ聞いてほしい」

アルティナはきょとんと小首を傾げた。

「師匠って、変わっているわね。普通、俺の教えは絶対だー、ってなるわよ？」

「無理に型にハメるようなことはしたくないんだ。そんなことをしても伸びないと思うからな」

偉そうなことを口にしてしまっただろうか？

ただ、アルティナの心には響いたらしく、目をキラキラとさせている。

「師匠って、すごいのね！」

「どうしてだ？」

「普通は、自分の考え、技術が絶対的に正しいって思うわ。世の中の剣士なんて、みんなそう。自分こそが一番優れている、ってね。だからこそ、自分の流派の道場を出すわけだし。でも、師匠は違うわ。そういうレベルの話はしていない。さらに一段上にいっていて、自由に、柔軟な姿勢を見せている。それは、剣の姿勢にこだわる必要がない、そんなことをする必要がないほどの技があるから、っていうことよね⁉」

ぜんぜん違う。

この子は、いったい、なにを聞いていたのだろう……？

「えっと……アルティナ？　俺が言いたいことは……」

「わかったわ！　あたしも、師匠を見習って、いつも自由でいられるように、技術を磨いて自信をつけていくわ！」

「あー……うん、がんばれ」

この子、けっこう直情的だ。

説得を諦めた俺は、曖昧な笑みを投げかけておいた。

「なにはともあれ……これからよろしくね、師匠！」

こうして、俺に剣聖の弟子ができたのだった。

～Another Side～

あたしの名前は、アルティナ・ハウレーン。

十八歳。Aランクの冒険者であり、そして、剣聖だ。

自慢話になるけど、あたしは天才だと思う。

駆け出しの頃も含めて、依頼達成率は100パーセント。一度も依頼に失敗したことがない。

ある時は、多額の賞金をかけられている盗賊団を一人で壊滅させた。

ある時は、百人以上の襲撃者を一人で退《しりぞ》けて、見事に護衛対象を守りきった。

ある時は、深淵に続くといわれているダンジョンに潜り、伝説級のアイテムを持ち帰った。

数々の記録を打ち立ててきた。

冒険者の偉業を塗り替えてきた。

しかも、それらを十八歳という若さで成し遂げた。

天才って自負してもいいでしょう？

……なんて。

とんでもない自惚《うぬぼ》れ。

というか、バカ。

うん。あたしはバカだった。

ちょっと強いだけで。

ちょっと運が良いだけで。

剣聖なんて称号をもらい、調子に乗っていた。

あたしは、自身を最強と誇り、どんな依頼も達成できると信じて、乗り越えられない困難はないと思っていた。

だから、ケルベロスを相手にしても逃げず、戦うことにした。

本来ならすぐに逃げて、街へ出現を知らせて、討伐隊を組織しないといけないというのに。災厄級の魔物でも、あたしなら倒すことができる……って、そう思い込んで戦った。

結果、惨敗だ。

頭を一つ、潰《つぶ》せたものの、それだけ。ケルベロスの怒りを買うだけで、なにもできず……師匠がいなかったら確実に死んでいた。

あの日は、相棒の聖剣をメンテに出していたから、十全の力を発揮できなかった。それでも、ケルベロスなんて問題ないと思っていて……いや。

そもそも、この考え自体が間違っているわね。剣を言い訳にする時点で驕《おご》りが見えている。痛いくらいに調子に乗っているのがよくわかる。

そんなあたしの目を覚まさせてくれたのは、師匠だ。

ガイ・グルヴェイグ。

四十歳。冒険者になったばかりの初心者。

……なんて本人は言っていたけど、あれ、絶対にウソだと思う。

初心者がケルベロスと戦うなんて無理。普通は、そのプレッシャーに負けて、戦う前に失神してしまうのがオチだ。

でも、師匠はまともに戦うことができて……ううん。あれを戦いというのは語弊《ごへい》がある。大人が子供をあしらうようなもので、まるで勝負になっていなかった。

単体で街を滅ぼすことができる災厄級の魔物を、師匠は、これ以上ないほどに圧倒していた。圧倒的な力で叩き伏せる、一方的な戦いだ。

そんな真似、誰《だれ》ができるというのか？

あのケルベロスを圧倒するなんて、どうすればいいのか？

できるわけがない。普通は、為すすべなく喰《く》われてしまうだけ。

でも、師匠はケルベロスを圧倒して……傷一つなく、疲労の欠片《かけら》を見せることもなく、叩き潰してみせた。

師匠だけに……剣を極めた者だけに許された特権なのだろう。

あの人の剣は美しい。

力強さだけじゃなくて、一つ一つの軌道が芸術のようで、演舞を見ているかのようだ。それでいて、どこまでも実戦的で力強い。

無駄は一つもない、まさに神業《かみわざ》だ。

剣を己の体の一部としているかのようで、あんな人は見たことがない。

いや、それだけじゃない。

師匠は、剣に己の心も通わせていた。

まさに心剣一体。

師匠の剣を見ていると、泣いてしまいそうになる。

それほどまで心が震えて、揺さぶられて、虜《とりこ》になってしまう。

そんな師匠が初心者なわけがない。

たぶん、身分を隠しているはずだ。本当は『剣神』の称号を授《さず》かっている、超大物なのでは？

なんて疑っている。

でも、真偽はわりとどうでもいい。

あたしは、師匠に剣を教わりたい。

あの綺麗《きれい》な剣を。

あの力強い剣を。

あの優しい剣を。

近くでずっと見ていたい。イロハを教わり、あたしも扱えるようになりたい。

それだけ。

他のことはどうでもいい。師匠の剣だけがあればいい。

そんなことを考えるほどに、あたしは、師匠の剣に惚《ほ》れ込《こ》んでいた。

「まあ……ほんとのこと言うと、剣だけじゃないんだけど」

人に話すと笑われがちだけど、あたしは、ちょっと乙女趣味なところがある。

具体的には、いつか白馬の王子様が……なんていうのに憧《あこが》れている。

剣聖なんて言われているけど、でも、基本は女性なのだ。物語のような展開を期待しても、仕方ないじゃない？

そして……その王子様は、師匠だ。

あたしがピンチの時に、颯爽《さっそう》と現れて助けてくれた。

その姿は力強く、そして、とても優しくて、今でも鮮明に記憶に残っている。

助けてくれるだけじゃなくて、あたしの驕りを正してくれた。そして、一緒に剣の道を歩もうと言ってくれた。


嬉しい。

嬉しい。

嬉しい。


気を抜くとニヤニヤ笑顔になってしまいそう。

それだけじゃなくて、胸がドキドキしてしまう。

師匠は、あたしの倍以上の歳《とし》らしいけど、別に年の差は気にしない。

やっぱり、中身が大事よね。

そして、師匠はバッチリ。

優しくて、かっこよくて、強くて……外見も、実はものすごくタイプだ。たまに見惚《みと》れていたのは内緒。

「あたし……けっこう、やばいかも……」

師匠、師匠、師匠……ずっと一緒にいたいな。

そして、できればいつか、本当の意味で一緒に……えへへ♪

「よし、がんばろう！」

なにはともあれ、師匠の弟子になることができた。

そのことを喜ぶだけじゃなくて、気を引き締めないといけない。

弟子のあたしが無様《ぶざま》なところを見せたら、師匠が悪く見られてしまう。

それは嫌だ。

だから、しっかりとしたところを見せないといけない。

弟子になれたことを喜ぶだけじゃなくて、それ以上のことを考えて。より高みを目指していく……師匠と一緒に。

「んー……楽しみになってきた!!」

◇

「あっ、ガイさん！」

街に戻り、冒険者ギルドへ。

リリーナが笑顔で迎えてくれた。

「よかった、無事に戻ってきてくれて。依頼の方はどうですか？」

「ああ。これ、採取した薬草だ」

「はい、確認させていただきますね。少しお待ちください」

リリーナは薬草を奥に運び、自分はカウンターに戻る。

たぶん、専門の鑑定人がいるのだろう。

「5分くらいで終わるので、少しお待ちくださいね」

「わかった」

「ところで……依頼の方はどうでしたか？　怪我《けが》とかはしていないみたいですけど、なにも問題がなかったのか、少し気になってしまいまして」

「ちょっとしたトラブルはあったのだけど……」

ケルベロスと戦うことになりました。

剣聖が弟子になりました。

……どう説明すればいい？

情報量が多すぎる。

というか、こんな話、信じてもらえるわけがない。

「師匠ー！」

困っていると、トラブルの一つが笑顔で手を振りつつやってきた。

メンテナンスに出していた剣を取りに、一時、別行動を取っていたのだ。

「おかえり。それがアルティナの相棒なのかい？」

「ええ。聖剣って呼ばれている、伝説級の剣よ」

「へぇ、すごいな。そんなものを扱えるなんて、さすがアルティナだ」

「ありがと。でも、今のあたしには猫に金貨というか、己の未熟さを痛いくらいに思い知ったばかりだから……だから、師匠に色々なことを教わって、この子にふさわしい技術を身に付《つ》けてみせるわ」

「うん、いい意気だ。まあ、俺に教えられることがあるか、それはわからないが」

「謙遜しないでよ」

「本気なんだけどな。そうだ、美味《おい》しい酒のつまみの作り方なら教えられるぞ？」

「そんなもんいらないわ」

「なら、美味しいエールの注《そそ》ぎ方を」

「なんでさっきから、剣に欠片も関係ない知識ばかりなのよ。っていうか、師匠、おっさんっぽいわね」

「そりゃまあ、おっさんだからなあ」

なんて話をしていたら、

「えっと……」

リリーナがひたすらに困惑していた。

それもそうだ。剣聖に対して初心者が気安く接していたら、誰だって戸惑うだろう。

「ガイさん、アルティナさんとお知り合いだったんですか……？」

「知り合いというか、さっき知り合ったというか……」

「師匠は、あたしの師匠なのよ」

「え」

「あたし、師匠に剣の弟子入りをしたの」

「えええええぇ⁉　剣聖のアルティナさんが、冒険者になったばかりのガイさんに弟子入りした⁉」

うん。これだ、これ。

リリーナの反応が当たり前だよな。

しかし、アルティナは特に不思議に思っていないらしく、きょとんとしていた。

「そんなに驚くことかしら？」

「あ、当たり前じゃないですか！　驚きますよ⁉　ど、どうしてそんなことに……？」

「師匠の剣の腕はすさまじい。だから、あたしが弟子になる。当然の帰結ね」

アルティナはドヤ顔で語る。

まったく説明になっていないのだけど、しかし、リリーナは納得してしまう。

「むむっ。確かに、ガイさんは将来有望な冒険者……その魅力に惹《ひ》かれ、弟子入りしたとしても不思議ではありませんね」

「え、そこで納得してしまうのか？」

「もちろんです！」

笑顔を見せるリリーナに、アルティナも笑顔になる。

「あんた、わかっているじゃない。あたしだけが師匠の良いところを知っていればいい、って思っていたけど、やっぱり、仲間がいると嬉しいわね」

「ありがとうございます。私も、ガイさんについて語れる方がいて、嬉しいです」

「あたし達、けっこう良い友達になれるかも？」

「ですね！」

妙なところで意気投合する二人だった。

というか、あまり大きな声で会話しないでほしい。

注目の的になっていて、あちらこちらから視線を感じる。

その大半は、俺に対する懐疑の目だ。

剣聖を弟子にした？

剣聖より強い？

ウソだろう？

そんな声も聞こえてきて、居心地が悪い。

「あ、そうそう。言い忘れたけど、さっき、ケルベロスと遭遇したわ」

「えぇ⁉　け、ケルベロスが出現したんですか⁉　た、たたた、大変です！　すぐに警報を発令して、ギルドマスターに相談を……」

「大丈夫、師匠が倒したから」

「ガイさんがケルベロスを⁉」

「あの素敵な剣技、見せてあげたかったわ～♪　なにせ、ケルベロスを一刀両断だもの」

「一刀両断⁉　鋼鉄よりも硬いといわれているのに⁉」

「師匠なら、鋼鉄どころか大地も一撃よ！」

「人間ですか、それ⁉」

「うーん、人間じゃないかも」

「なるほど」

納得しないでくれ。

「そんなわけで、はい、素材」

「……た、確かに、本物ですね。鑑定するまでもありません。私でもわかります」

アルティナは、収納ボックスからケルベロスの素材を取り出して、カウンターの上に並べた。

それを見て、リリーナは激しく驚いている。

ちなみに、収納ボックスというのは、アイテムを異空間に収納できるという魔導具だ。とても高いため、一流の冒険者以外は持っていないことが多い。

「これを……ガイさんが？」

「そ♪」

「なんというか……これは、想像以上ですね。ガイさんなら、とても素敵な冒険者になれると思っていましたが、まさか、ここまでなんて」

「えっと……俺が倒せたのは、アルティナがあらかじめ体力を削ってくれておいたおかげなんだ。あと、運が良かったからだな」

「「ケルベロスは運で倒せる相手じゃない」」

この二人、仲が良い？

「……おい、聞いたか？　剣聖が弟子入りだってよ」

「……あの冴《さ》えないおっさんだろ？　おっさんに弟子入りして、なんのメリットがあるっていうんだ？」

「……でも、ケルベロスを倒したらしいぜ？　普通に考えてウソだろうけど、ただ、剣聖も証言しているからな」

「……剣聖の弱味を握り、脅しているとか？　だとしたら、全部、辻褄《つじつま》が合うぞ」

勝手に話があらぬ方向に膨《ふく》らんでいき、懐疑的な視線が鋭いものに変わる。

まいったな。

ウソは吐《つ》いていないし、もちろん、アルティナを脅しているなんてことはない。

ただ、剣聖が弟子入りした、ケルベロスを倒した、なんて話を信じることも難しい。

というか、俺もなにかの間違いだろうと思っている。

自分でも現状を整理できないため、説明することができないでいた。

「ちょっと、あんた達！」

視線に気づいた様子で、アルティナが周囲を睨《にら》み返した。

「さっきから、ぶしつけな視線と失礼な憶測ばかりで、さすがに不愉快なんだけど」

「いや、だって……」

「なあ……？」

「そんなに疑わしいのなら、自分の目と体で確かめてみればいいわ！　あなた達なんて、誰一人、師匠に敵《かな》わないんだから」

「なんだと!?」

「文句のある人は、師匠と戦ってみなさい！　というわけで……さあ、師匠、出番よ！　あのわからずやの頑固者、偏見まみれの愚か者達をこらしめてやって！」

いやいやいやいや、待て。

なぜ、そんな話になる？

「とても合理的な話ですね！　ギルドとして、決闘を許可します！」

リリーナもノリノリだった。

勘弁してくれ……

◇

「はっ、おっさんのウソと化けの皮、俺が剝《は》がしてやるよ」

「あー……お手柔らかに頼む」

訓練場で向かい合い、互いに剣を構えた。

結局、アルティナに押し切られてしまい、模擬戦をすることに。

「改めて、ルールの確認です。使用する武器は木製のもの。相手が意識を失う、戦意喪失、または降参で決着です。それ以上のことをしようとしたら、騎士団案件になります。あくまでも、これは訓練の一環の模擬戦であることを理解してください」

審判はリリーナが務めた。

「両者、構え！」

俺は剣を構えた。

男は槍を構えた。

「ふんっ、すぐに終わらせてやるよ」

彼は不敵に笑う。

俺に負けるなんて、欠片も思っていないのだろう。

それは正しい認識だ。

俺は新米で、しかもおっさん。相手はベテランの冒険者。勝負の結果は火を見るよりも明らかだ。

ただ……不本意とはいえ戦う以上、一人の剣士として、できる限りのことはしたい。

全力で挑むことにしよう。

「始め！」

「ぎゃあああああっ⁉」

合図と共に、男は勢いよく突撃し、槍を突き出してきた。

俺はそれを払い上げるのだけど、なぜか、男も一緒に空高く盛大に吹き飛んでいく。

ややあって、落下。

隕石が落ちたかのような衝撃が広がり、男がぴくぴくと痙攣《けいれん》していた。

「あれ？」

攻撃を防いだだけなのに、どうしてこのようなことに……？

「勝者、ガイさん！」

「「「……」」」

ぽかんとする観客達。

そんな中、アルティナは「さすが師匠！」と喜んでいた。

「って……お、おかしいだろ⁉　あんな風にやられるわけがねえ！」

「そうだ、なにかしらのインチキだ！」

「次は俺がやってやる！」

「はいはい、順番に並んでくださいね。ガイさんは、みなさんの挑戦、全《すべ》てを受けて、その上で、キャンキャン吠える子犬のような愚か者全てを完膚なきまでに叩きのめすと言っていますから」

そんなことは欠片も言っていないぞ⁉

「上等だ、おらぁ！」

「ぶちのめしてやんよ！」

「かかってこいやぁ！」

「はい、みなさん順番に。ガイさんは、誰でもいいからかかってこい稽古をつけてやるひよっこ共、とおっしゃっています」

だから言っていない⁉

「ふふんっ、師匠にかかれば、あんた達のような雑魚《ざこ》冒険者、一捻《ひね》りよ！　なんなら、まとめて全員でかかりなさい！」

「それはいいですね。時間短縮になりますね。ガイさんは、まとめてかかってきたとしてもなにも問題ない。全員叩き伏せてやる、と言っていますよ」

「「「なんだとぉーーー⁉」」」

煽《あお》るリリーナとアルティナ。

当然のごとく怒る冒険者達。

そして俺は……

「なぜ、こんなことに……」

ため息をこぼさずにいられなかった。

～ Another Side ～

「いや、まあ……確かにさ、師匠ならまとめてかかっても問題ないって言ったけどさ。そう焚《た》き付けたけどさ……」

「まさか、本当に全員同時に倒してしまうなんて……」

十数人の冒険者が倒れて、気絶していた。

一方の師匠はまったくの無傷で、おまけに息も乱れていない。

いやいやいや……師匠、どれだけ化け物なのよ？

あたしが言っておいてなんだけど、まさか本当に、ここにいる冒険者をまとめてなぎ倒しちゃうなんて。

剣聖の称号を授かるあたしも、さすがにそれは無理だ。

それなりの実力者を十数人、まとめて相手にする。

めちゃくちゃがんばって、運が味方をしてくれれば勝てるかもしれない。

あるいは、敵を盾にするなどの卑怯《ひきょう》な手を使えば、可能かもしれない。

でも師匠は、真正面からぶつかり、圧倒的な力の差を見せつけた。

付け足すのならば、５分とかかっていない。

なんて無茶苦茶なのだろう。

真似をしろと言われても、あたしには絶対にできない。

師匠だけができる、剣の極致に到達した者の証しなのかもしれない。

「師匠！　さすがね。まさか、ここまでしちゃうなんて思ってもいなかったわ。弟子であるあたしも、鼻が高いわ」

「すごいです、ガイさん！　まとめて十数人を倒してしまうなんて……あっ、これはただの訓練ですから、ガイさんが非を問われることはないから安心してくださいね」

「これは……うーん」

偉業を成し遂げたはずなのに、師匠の表情は微妙だ。

ややあって、なにかしら納得した様子で頷《うなず》く。

「そうか、なるほど」

「師匠？　どうかしたの？」

「いや、なに。俺のようなおっさんが、こんなこと、できるわけがないと自分でも不思議に思っていたんだが……みんな、手加減をしてくれていたんだな」

「「はぁ？」」

「俺のような初心者に自信をつけてもらう。そのために、あえて体を張る……ここの冒険者達は、皆、優しい人のようだ」

「「頭がおかしいのでは？」」

リリーナと揃《そろ》って、ついつい本音がこぼれてしまう。

師匠は、「なぜだ……？」と困惑していたが、あたし達の感想は正当なものだろう。

「それにしても……」

師匠って、やけに自己評価が低いわね？

こんな無茶苦茶な実力者なのに、それをまったく自覚していない。

むしろ、やたら過小評価している。

「なんでかしら？」

謎《なぞ》ね。

でも……師匠の強さはあたしだけが知っていれば、それでいいかな。

なーんて、ふふ♪

◇

模擬戦が終わった後、俺とアルティナは、引き続き訓練場を使わせてもらうことに。

色々とあったから、今日の分の訓練を終えていないので、場所を借りることにした。

アルティナは俺の訓練に興味津々《しんしん》らしく、目をキラキラと輝かせている。この子は、本当に剣が好きなんだな。

「ねえねえ、師匠。師匠は、いったい、どういう訓練をしているの？　それを真似すれば、あたしも、師匠と同じくらい強くなれるかしら？」

「俺なんてすぐ追い越せると思うが……ああ。簡単な訓練だから、誰にでもできるさ」

「本当⁉」

「とても単純だ。なにせ、素振《すぶ》りをするだけだからな」

手本を見せるため剣を構えた。

深呼吸をして、体を巡る気を整える。

剣をまっすぐに構えて、感謝の念を捧げて……そして、一気に振り下ろす。

最後に、再び剣を構える。

「とまあ、これが一連の流れだ。簡単だろう？」

「……え？」

なぜか、アルティナはぽかーんとしていた。

「どうしたんだ？」

「いや、えっと……」

「簡単だろう？　一応、アルティナも真似してみてくれないか？　とはいえ、ただの素振りなんだけどな。ああ、そうそう。剣を振る時に、感謝の気持ちを忘れないでくれ。精神論になるが、そうやって心を研ぎ澄ませていくことも大事なんだ」

「だから、その……」

アルティナは、とても困惑した様子で言う。

「今……なにをしたの？」

「どういう意味だ？」

「師匠、剣を構えて……ずっとそのままじゃない。いや？　わずかに動いたような……でも、よく見えなかったわ。いったい、なにをしたの？」

「なにを、って……ただの素振りだが。気を整えて、祈り、剣を振る。それだけだ」

「それだけ、って……えぇ……あたし、まったく見えなかったんだけど」

「え？」

「え？」

おかしいな。

俺とアルティナの間で、重大な齟齬《そご》が発生しているような気がする。

「ちゃんと見ていなかったのか？」

「見ていたわよ。師匠の素振りが、あまりにも速すぎるの」

「そんなわけないだろう。ほら、こんな感じだ」

「……だから、見えないから」

もう一度、素振りをしてみせるものの、アルティナは首を横に振る。

演技……という風には見えない。

本当に見えていない？

「いい？　師匠は自覚がないみたいだけど、師匠の素振りはめちゃくちゃ、とんでもなく、恐ろしく速いの。一連の動作をこなすのに、1秒もかかっていないわ。ってか、素振りをする度に空気がかき乱されて、軽い衝撃波が発生しているわ」

「そんなバカな。ありえない」

「ありうるのよ、もうっ……！　師匠って、規格外だとは思っていたけど、まさか、ここまでだったなんて……」

「ふむ……そうか、なるほど。そういうことだったのか」

「ようやく理解してくれた？」

「アルティナは視力が悪いんだな？　メガネをつけないのか？　それとも、コンタクトを忘れたのか？」

「なんもわかっていない!!」

頭を抱えつつ、アルティナが叫ぶ。

どうしたのだろう？

「あぁ、そうか」

「こ、今度こそ理解してくれた……？」

「目が悪いんじゃなくて、目にゴミが入っただけなんだな？」

「違うわよっ!!　師匠ってば、アホじゃないの!?」

「アホ!?」

一応、師弟関係を結んでいる仲なのに、アホは酷《ひど》いのではないだろうか……？

なぜ、アルティナはここまで怒っているのだろう？

「まあ、師匠だからね。ただの素振りでも、ここまでの極致に到達していたとしても不思議じゃないわ」

「ありがとう？」

「ごめん、話が逸《そ》れたわね。それで、師匠の訓練は、その素振りをすること？」

「そういうことだ」

「なるほどね……師匠の強さをちょっと理解できたかも。師匠がやっていることは、ただの素振りじゃない。超々高等技術の素振り……というか、素振りを超えたナニカ。そんなものをやっていたのなら、師匠の力も納得ね。それで、素振りは1日に何回くらいやっているの？　1回やるだけでも、相当な訓練になると思うけど……100回くらい？」

「いや、1万回だ」

「……は？」

アルティナの目が点になる。

ついでにフリーズした。

「あー……今、なんて？」

「1万回だ」

「あたし、耳が悪くなったのかしら……ああ、そう。そういうことね。1年で1万回とか、そういうことね」

「いや、1日だ」

「……は？」

再び同じ反応に。

どうして、そんなに驚いているのだろう？

「1万回といっても、ただの素振りだぞ？　そこまで驚くことじゃないだろう」

「驚くことよ‼　バカじゃないの⁉」

今度はバカ呼ばわりされてしまった……

「言ったでしょう⁉　師匠の素振りは、誰にでもできるようなものじゃない、めちゃくちゃ難易度が高いもので、相当な力と精神力が必要とされるの！　それを1日1万回とか……ありえないんだけど⁉　ありえないんだけど⁉　大事なことだから二度言ったわ！」

「そう言われてもな……嘘《うそ》は吐いていないぞ？」

「わかっているわよ！　わかっているからこそ混乱しているの！　はぁあああ……ホント、師匠は規格外ね。っていうか、あんな素振りを1万回なんて、よくできたわね？」

「最初は、だいぶ苦戦していたよ。それだけで1日が終わっていたな。挫《くじ》けそうになった時もあった。でも……」

おじいちゃんのことを思い出した。

そして、己の持つ剣の『意味』を知ったときのことを思い返した。

挫けてなんかいられない。

おじいちゃんに託されたもの。そして、俺が目指すべきところ。

それを達成するために、挫折は乗り越えた。

「まあ、色々とあってな。なんとか、がんばることができたよ。おかげで今は、1時間くらいで終わるようになったな」

「い、1時間……⁉　1万回を、1時間……⁉」

アルティナの顔がひきつる。

「これが、俺がいつもしている訓練だ。アルティナもやってみようか」

「やってみる、けど……あたし、師匠に追いつける気がぜんぜんしないわ……」

「大丈夫。アルティナの剣は綺麗だ。きちんと訓練を積めば、俺なんて、すぐに追い越せるだろう」

「師匠……それ、ホント？」

「俺は、剣のことで嘘は吐かない。その歳で剣聖になった自分を信じろ。それと、俺のことも、少しは信じてほしい」

「師匠のことは、誰よりも信じているわ」

アルティナは優しく笑う。

それから、よし、と気合を入れた。

「師匠が優しいから、やる気出てきちゃったじゃない。やってやるわ！」

「ああ、その意気だ」

「師匠は、傍であたしのことを見ていてね？　そうしてくれれば、あたし、かなりがんばれると思うから」

「ああ、見ているよ。がんばれ」

「ええ、がんばるわ！」

アルティナは笑顔で剣を握り、素振りを始めた。

とても気合の入った剣筋だ。

俺も負けていられないな。

剣を再び構えて、俺も素振りを始めるのだった。

4章 運命(?)の再会

「薬草採取の依頼の報酬はこちらになります。それとは別に、ケルベロスの討伐の報酬と素材の換金がありますが、鑑定や計算などでもう少し時間が……また後日、来てもらえますか？　申しわけありませんが、よろしくお願いします」

リリーナに謝罪をされて。

気にしないように言って。

それから、訓練を終えた俺《おれ》とアルティナは、冒険者ギルドを後にした。

「師匠、あたしが使っている宿はこっちよ。案内してあげる」

「ああ、頼むよ」

勢いのまま冒険者になったものの、宿を確保することを忘れていた。

そのことをアルティナに話したら、良い宿を紹介してくれるという。

「ねえねえ、師匠」

「うん？」

「えいっ」

アルティナが抱きついてきた。

俺の腕を摑《つか》み、胸を押しつけてくる。

「こら、はしたないぞ」

「むぅ、ぜんぜん動じていない」

「驚いてはいるさ」

「ねえねえ、師匠。こうしていると、あたし達、どんな関係に見られるかな？　やっぱり恋……」

「そりゃ、親子だろう」

「……」

なぜか、アルティナがとても不機嫌そうに。

「えっと……ああ、そうか。すまない、アルティナ。言い方が悪かったな」

「わかってくれたのね、師匠⁉」

「仲の良い親子だな」

「……」

睨《にら》まれてしまう。

なぜだ……？

「まあ、わかっていたけどね。師匠はそういう人だって。鈍いだろう、って」

「す、すまない……？」

「そりゃまあ、あたしも悪いというか、いきなり察しろ、っていうのはちょっと無茶かもしれないけど……あら？」

アルティナが拗《す》ねていると、後ろから豪華な細工が施された馬車がやってきた。

追い抜くかと思いきや、俺達の横で足を止める。

馬車の扉が開いて、金髪の令嬢が降りてきた。

歳《とし》はアルティナと同じくらいだろうか？

利発そうな瞳《ひとみ》、人形のように整った顔。ただ、どことなく子供らしさも残っていて、美人というよりは美少女だ。

肌は白く、陶器のよう。その身にまとうドレスは同じく白を基本とした穏やかなものではあるが、華やかさもきちんと兼ね備えていた。

「ようやく見つけましたわ！」

少女はこちらに駆け寄ると、俺の手を笑顔で取る。

隣のアルティナの頰《ほお》が膨《ふく》れた。

「師匠……こんな子に手を出していたの？」

「ご、誤解だ⁉　そんなことはしていない。というか、そもそも、この子は知らない」

「そんなっ……ひどいですわ。あのような熱い一夜を過ごしておいて……」

「師匠……？」

「ま、待ってくれ⁉　俺は本当に……」

「ふふっ、冗談ですわ」

少女は、いたずらっ子のようにぺろっと舌を出した。

その背中に小悪魔の羽根がぱたぱた……と動いているような気がした。

「あのような状況なので、わたくしのことを覚えていないのも無理はないかと」

「あのような……？」

「あなた様は気にするな、とおっしゃいましたが……さすがに、そういうわけにはいきません。街にいるのではないかと、あれからずっと探していたのですが……よかった。こうして、お会いすることができて」

「……あっ」

思い出した。

旅の途中、魔物に襲われていた馬車を助けたことがあるが……

「そうか。キミは、あの時の……」

「思い出していただけたのですか!? 嬉《うれ》しいです」

「すまない。物覚えは悪くない方なんだが、あの時は急いでいたものだから……」

「いいえ、気にしておりません。ただ……今度は、ゆっくりお話をできますでしょうか？」

「それは……」

ちらりとアルティナを見る。

「……好きにすれば」

拗ねていた。

むぅ……？

隠し事をしていたわけではないし、悪いことをしたわけでもない。

それなのに、なぜ、こんなに罪悪感が……？

「彼女も一緒でいいだろうか？」

「はい。もちろん、それは構いませんが、えっと……」

「あたしは、師匠の弟子よ！　一番弟子だから、い・ち・ば・ん、親しい関係なのよ！」

「……そうですか、ふふふ」

「ふふふ」

乙女二人、視線を激突させる。

この険しい雰囲気は、どういうことだ……？

「改めて……自己紹介をさせていただきますわ」

少女は優雅に一礼する。

「わたくしは、セリス・ファルスリーナと申します。改めて、先日は危ないところを助けていただき、ありがとうございました」

「これは丁寧に。俺は、ガイ・グルヴェイグ。ただの冒険者だ」

「……アルティナ・ハウレーン。師匠と同じ冒険者で、剣聖よ」

「では、ガイ様と呼んでもよろしいですか？　わたくしのことも、どうか、セリスと」

「……こいつ、剣聖のあたしに目もくれず、師匠に色目を……むぐぐ」

アルティナとセリスは仲が悪いのだろうか？

初対面だから、互いをよく知らないだけ、と思いたいが……ふむ？

「ガイ様……とアルティナ様は、今、お時間はありますか？　よろしければ、当家にお招きしたいのですが」

「ああ、問題はない。依頼の報告を終えたばかりだからな」

「……むぅ」

「アルティナ？」

「いいわよ、別に」

「よかった。では、お二人共、馬車へどうぞ。当家に案内させていただきますわ」

「えっと……行こうか、アルティナ」

「……まあ、師匠がそう言うのなら」

こうして、拗ねるアルティナと一緒に、俺達はセリスの家に招待されたのだった。

◇

馬車は豪邸に到着した。

街を見下ろすかのような丘の上に建つ、三階建ての屋敷。広大な庭を持つだけではなくて、奥に厩舎《きゅうしゃ》と、馬を走らせるための広場が設置されている。

「これはまた、すごい家だな……」

「お褒めいただき、ありがとうございます。さあ、こちらへどうぞ」

セリスに客間に案内された。

部屋は広く、天井《てんじょう》も高い。様々な調度品が飾られていて、しかし、嫌味にならない程度に華やかさを演出していた。

部屋を見れば家主の性格がわかるとおじいちゃんが言っていたが、その通りなら、ファルスリーナ家の当主は、とても品の良い人なのだろう。

「すぐにお茶とお菓子の準備を。それと、お父様とお母様は？」

とメイドに声をかける。

「……例の件の対処のため、今は家を空けていらっしゃいます」

「そう、ですか」

うん？

今、暗い表情になったような……気のせいだろうか？

何事もなかったかのように、セリスはにっこりと笑う。

「まずは……改めて、先日、魔物から助けていただいたこと、深く感謝いたします。誠にありがとうございました。できる限りの謝礼をさせてください」

「いや、気にしないでほしい。謝礼目的で助けたわけじゃないからな。それに、あの程度の魔物、俺がいなくてもなんとかなっただろう」

「まさか。ガイ様がいなければ、今頃《いまごろ》、わたくし達は……ですから、ガイ様は命の恩人なのです。

できる限りの謝礼をしなくてはなりません」

「しかし、ぷちオーガを倒したくらいで謝礼と言われても……」

「ぷちオーガ？　えっと……そのような魔物はいませんでした。ハイオーガと、その群れを率いるオーガキングでした」

「ちょっ……!?　オーガキングとハイオーガの群れとか、最悪の組み合わせじゃない。よく生き延びることができたわね」

「ガイ様に助けていただいたので」

「大したことはしていない。俺が倒したのは、ぷちオーガだからな」

「「そんな魔物はいない（いません）」」

なに？

だとしたら、俺が倒した魔物はいったい……？

「ごめんね、話が逸《そ》れちゃうんだけど……師匠は、どうしてオーガキングやハイオーガを『ぷち』なんて可愛《かわい》い呼び方をしているの？」

「家にいた頃は、ちょくちょく遭遇していたからな」

「えっ」

「ちょうどいい修練相手で、何度も倒していたから……そこまで凶暴な魔物ではないと思っていた。オーガに似ているが、しかし、俺に倒されるくらいだから弱いものと思い、勝手にぷちオーガと呼んでいたのだが……」

「オーガキングやハイオーガが当たり前のように徘徊するって、師匠の家は、どこかの魔境なの……？」

そんなことはない。

辺鄙《へんぴ》な田舎ではあるものの、それだけ。

自然が豊かな良い土地だ。

「おっさんである俺にできるのは、大したことではない。だから、あれはぷちオーガなのだろう」

「だから、そんな魔物はいないわ」

「しかし……」

「師匠は、剣聖であるあたしを圧倒するほどの力を持っているの。ものすごい剣術を扱うことができるの。だから、オーガキングもハイオーガも討伐することは可能。災厄級の魔物だろうと、敵じゃない。おっさんだから、とか。初心者だから、とか。そういうのは関係ないの。あたし、師匠のことは好きだけど、でも、その自己評価がやたら低いところは嫌いよ。いい？　師匠はオーガキングとハイオーガを倒してセリスを助けた。理解した？　認識した？　オーケー？」

「あ、ああ……わ、わかった」

ものすごい早口で捲《まく》し立《た》てられて、やや怖い。

しかし……俺は、自己評価が低いのだろうか？

まともに外の世界を知らず。気がつけばおっさんになっていた。

こんな俺にできることなんて、たかが知れていると思っていたのだけど……もしかしたら、違うのだろうか？　多少は自信を持っていいのだろうか？

「えっと……それで、お礼の方なのですが」

「あ、いや。先程から言っているように、謝礼は別に……」

「師匠、受け取っておきなさい」

「アルティナ？」

「セリスは貴族で、貴族は面子《めんつ》ってものを大事にするものよ。師匠が謝礼を受け取らないと、最終的にセリスが困ることになるの」

「それは……」

幼い頃に捨てられているものの、一応、俺も貴族の身だ。

アルティナの言うことはよく理解できた。

「……わかった。そういうことなら、ありがたく受け取らせてもらおう」

「感謝するのはわたくしの方ですわ。では、どうぞ」

セリスから拳大《こぶし》の革袋を受け取る。

中を見ると、びっしりと金貨が詰められていた。

「……百枚くらいあるな」

「足りませんでしょうか？」

「いやいやいや、十分だ！」

これだけあればしばらくは遊んで暮らせると思う。

思わぬところで思わぬ収入を得てしまった。

「それと、今夜は歓待の宴を開こうと思うのですが……もちろん、参加していただけますね？」

「え？　いや、さすがにそこまでしてもらうのは……」

「お金を渡してハイ終わり、ではわたくしの気が済みません。もう少し、おもてなしをさせていただけないでしょうか？　もちろん、この後の用事がなければ、の話ですが」

「えっと……」

アルティナを見ると、小さく頷《うなず》いた。

「あたしは構わないわ。師匠に合わせる」

「これは……断ると、やはり失礼に？」

「なるはなるけど、師匠に予定があるのなら、無理強《じ》いされることでもないわ。ただ、こういうところでしっかりした貴族と繋《つな》がりを持っておくことは大事よ。あたし達だけの問題じゃなくて、やっぱり、貴族の面子を保つこともできるから」

「むう……やはり、貴族というのは面倒だな」

「やはり？」

「あ、いや。なんでもない」

グルヴェイグ家のことは、アルティナにまだ話していない。

もちろん、セリスにも。

たぶん、俺はもう死んだものと扱われていると思うが……それでも、家のことを話すのは憚《はばか》られた。迷いがあった。

それは、俺がグルヴェイグ家と無関係でいたいからだと思う。

「……わかった。じゃあ、甘えることにするよ」

「はいっ、ありがとうございます！　ふふ、楽しみですわ♪」

その後、「準備がありますから」と言い残して、セリスは部屋を後にした。

俺達は、歓待の用意が整うまでここで待っていればいいらしい。

なにか用があれば、部屋の外に控えているメイドに声をかけてくれとのこと。

「お。このクッキー、すごく美味《おい》しいな」

「はぁ……」

「どうしたんだ、アルティナ？　ため息なんてついて」

「師匠、呑気《のんき》すぎるわよ。もうちょっと警戒しないと」

「警戒って……セリスを？　彼女はいい子だと思うが」

俺達を騙《だま》すとか、罠《わな》にハメるとか。

そんなことは考えていないと思う。

そもそも、そんなことをしても彼女にメリットがない。

「あの子、悪事は企《たくら》んでいないだろうけど、別のことは企んでいるかもしれないわ」

「ふむ……つまり、剣聖であるアルティナに個人的な依頼を？」

「この場合、師匠の方が目的だろうけど……なによ、ちゃんとわかっているじゃない。たぶん、そういう流れになると思うわ」

「やはり、か」

「わかっていて、歓待を受けたの？　いや、まあ、あたしも受けるように言ったけどさ……どうなるかわからないけど、たぶん、厄介事に巻き込まれるわよ？　しかも、普通の厄介事じゃないわ。貴族が抱える問題っていう、とても面倒な厄介事よ」

「そうなるだろうな」

「だろうな、って……師匠、やけに落ち着いているわね？」

アルティナの話は理解できる。

この後の流れも、大体、想像できる。

「こうなることがわかっていたのなら、どうして、拒否しなかったの？」

「だって、見捨てられないだろう？」

「え」

「厄介事っていうことは、困っているということだ。俺にできることなんて、たかがしれているだろうが……それでも、できることがあるのなら力になりたいと思う。厄介事が待っていたとしても、俺は、俺ができることをやるだけだ」

「……」

アルティナがぽかーんとなる。

沈黙……ややあって、爆笑。

「あはははは っ!!」

「そんなに笑わなくてもいいだろう……」

自分でもバカなことをしている、という自覚はあった。

だが、仕方ないだろう？

出会ったばかりではあるが、セリスはいい子だ。真面目《まじめ》で優しい心を持っていると、見るだけでわかる。

だからこそ、厄介事に巻き込まれているのなら見過ごすことはできない。力になりたいと思う。

「ごめんごめん、バカにしているわけじゃないの。むしろ逆。さすが師匠、って感心していたわ」

「そうは見えないけどな」

「だから、ごめんってば。あたし、本当にすごいと思っているのよ？」

アルティナはまっすぐな目でこちらを見る。

「今の世の中、正直者がバカを見る、って感じじゃない？　真面目な人なんて、ほとんどいないと思っていた。でも、師匠は違った。とてもまっすぐで真面目な人で……心の底から尊敬するわ」

「そ、そうか……ありがとう」

やや頬が熱い。

そんな俺を見て、アルティナがニヤニヤと笑う。

「あれー？　師匠、もしかして照れている？」

「……いや」

「嘘《うそ》だー。照れているくせにー」

「照れてなんていないぞ」

「ふふ。師匠って、意外と子供っぽいところもあるのね。そういうところ、可愛いと思うわ」

「むう……」

俺は師匠ではあるが、しかし、弟子のアルティナに口では勝てないようだった。

◇

夜。

ファルスリーナ家の……セリスによる歓待を受けた。

肉、海鮮、野菜。それらが見事に調和した豪華な料理と、ずらりと揃《そろ》えられた名酒。

そして、メイドと執事達による合奏。

どちらも素晴らしいもので、とても楽しい時間を過ごすことができた。

アルティナとセリスは意外と気が合うようで、話が弾《はず》んでいた。

なぜか、俺に関する話題が多いようだが、なぜだろう?

まあ、仲が良いことは良きことだ。これを機会に、友達に、なんてことを思う。

「これでは、師匠というより親だな」

ついつい苦笑した。

こう考えるのも歳のせいだろうか？

ほどなくして食事が終わり、素晴らしい演奏も終わる。

宴が静かに閉じようとしていたが……

「ガイ様、アルティナ様」

メイド達が食事を下げて……三人になったところで、セリスが背筋を伸ばして、静かに口を開いた。

「今日は楽しんでいただけたでしょうか？」

「もちろん。食事も演奏も、その他、とても素晴らしいものだった」

「ならよかったです。でしたら……」

「回りくどい真似はしなくていいわ」

セリスの話をアルティナが遮《さえぎ》る。

その目は鋭く、やや警戒している様子だ。

……さっきの話に関連しているんだろうな。

「あたし達……というか、師匠に頼みたいことがある。でしょう？」

「……お見通しですか」

「ひとまず、話はちゃんと聞いてあげる。だから、話してみて。師匠もそれでいい？」

「ああ、問題ないよ」

なにができるか、それはわからない。

ただ、困っているのなら、まずは話を聞きたいと思う。

それはすでに決めていたことだ。

「……ありがとうございます」

セリスは深く頭を下げた後、本題に入る。

「冒険者であるガイ様とアルティナ様に、依頼をさせていただきたいのです」

「ふむ。ひとまず、話を聞こう」

「依頼内容は、とある魔物の討伐。報酬は、金貨３００枚です」

「さっ……⁉」

さきほどの三倍の額だ。金貨３００枚もあれば、１年は暮らせるだろう。

それだけの報酬ということは、セリスの依頼は相当に難しいのだろう。

「あんた、師匠になにをさせようっての？　金貨３００枚の報酬なんて、そうそう聞かないんだけど」

「それだけの魔物を相手にしてもらう、ということになります」

「災厄級？　それとも……もしかして、天災級？」

「……はい、その通りです」

セリスは語る。

エストランテの北は森林地帯になっていて、多くの動物が暮らしている。動物を狩り、薬草などを採取するのに最適な場所だ。

ただ、当然ではあるが魔物も生息している。

とはいえ、街に近いため、強力な個体は確認されていない。

せいぜいがDランク程度。Aランクの災厄級、Sランクの天災級などの存在はいない。

いないはずなのだけど……

「まだ完全な裏付《づ》けはとれていませんが……ドラゴンが出現したとの報告を受けました」

「なっ……⁉」

「ドラゴンですって⁉　Sランクの、天災級の魔物じゃない！　この前のケルベロスが可愛い相手に思えるくらいの、本物の化け物よ⁉　それ、本当なの？　ここ数十年、ドラゴンが人里の近くに現れたなんて話、聞いたことないいんだけど」

「確かな証拠は得ていません。ただ、様々な情報を統合すると、その可能性が非常に高いかと」

「最悪じゃない……」

アルティナが悪態をこぼしてしまうのも、よくわかる。

天災級の魔物は、国そのものを滅ぼす力を持つ。

そのようなものが出現したとなれば、国家の非常事態だ。

「って……ちょっと待って。ドラゴンの対処を考えているなんて、セリスは何者なのよ？　けっこうな貴族、っていう適当な認識だったけど……」

「わたくしは……この街、エストランテの領主です」

「……」

驚きで言葉が出てこない。

名のある貴族だとは思っていたが、まさか、領主だったとは。

「といっても、つい先日、父と母から継いだばかりの若輩者ですが」

「なるほど。道理で、こうして実際に会ってもわからなかったわけだわ」

「すまない。俺は、最初から知らなかった。世情に疎《うと》く……」

「……ふふ」

なぜか、セリスが楽しそうに笑う。

「お二人は、わたくしが領主と知っても態度をまったく変えないのですね」

「む……言われてみれば、まずいな」

「いいえ、気になさらないでくださいい。むしろ、その方が好ましく思います」

本心らしく、セリスはにっこりと笑っていた。

ふむ？

俺の知る貴族は、傍若無人《ぼうじゃくぶじん》な者が多かったのだけど……どうやら、セリスはその対極に位置しているみたいだ。

「今、父と母は、今回の件で他所に助力を願うため、領地を空けています。なればこそ、現領主であるわたくしが、この街を守らなければなりません。どうか、力を貸していただけませんか？」

「わか……」

「師匠、ストップ」

犬にやるような感じで、待て、をされた。

「まだ納得いかないところがあるわ。本当にドラゴンが出現したというのなら、それはもう、冒険者の管轄じゃないわ。騎士団の……国の仕事よ。王都に報告をあげて、討伐隊を派遣してもらうのが普通じゃないの？」

「……普通なら、そういう流れになりますね」

セリスが苦い表情に。

「その辺りは、今、色々と問題が起きていまして……正直なところ、王都からの援軍は望めません」

「はぁ？」

「足を引っ張る者がいるといいますか、わたくしの力が足りていないといいますか……そのため、ドラゴンの対処は、わたくし達だけでなんとかしなければいけないのです」

「……時間の無駄ね」

アルティナは席を立つ。

「行きましょ、師匠。こんなふざけた話に付き合う必要はないわ。さっさと別の街なり王都になり避難しましょう」

「……いや、そういうわけにはいかない」

「ちょっと、師匠！　今の話、ちゃんと聞いていたの？　ドラゴンが出現した。上のゴタゴタで援軍はなし。そんな状況で戦うなんて、そんなふざけたこと……」

「だが、それで涙を流すのはこの街の人達だ」

こうして話をする時間があるということは、ドラゴンの襲来まで、まだ余裕があるのだろう。今から街を出れば、アルティナが言うように安全なところに退避できる。

でも、街の人は？

避難は無理だ。これだけの人数を受け入れてくれるところはない。

それ以前に、確実にパニックに陥《おちい》る。

それに、街に愛着を持つ人もいるだろう。離れたくないという人もいるだろう。

俺はエストランテに来たばかりで、正直、愛着なんてものはない。

でも……

リリーナの顔が思い浮かぶ。

一人だけど、優しくしてくれた人がいる。

守りたいと思う笑顔がある。

「俺は、戦うよ」

「ガイ様……ありがとうございます」

セリスは、深く深く頭を下げた。

それを見て、アルティナは再びため息をこぼして、席に戻る。

「まったくもう……これじゃあ、あたしが悪役みたいじゃない。わかったわよ。それに師匠なら、案外、ドラゴンもサクッと倒しちゃいそうで……ううん、なんかその未来予想図、本気で実現しそうで怖いわね……師匠って人間？」

「いや、待ってくれ。想像でそんなことを言われても、さすがに困るのだが……」

「でも師匠の場合、想像のさらに上をいくから困るのよね」

さすがに、それはないだろう。

俺は、どこにでもいるような、ただのおっさんだ。

「こらっ、師匠！」

「な、なんだ？」

「今、卑屈なことを考えていたでしょう？　師匠はとても強いけど、でも、そういうとこはダメダメね。前にも言ったけど、もっと自信を持ってちょうだい」

「そう言われてもな……」

俺は、この歳になるまで、ただただ鍛錬を積んでいただけ。

偉業を成し遂げたことはない。

それに……おじいちゃんの存在が大きい。

あれほどの剣士から教わったからこそ、自分の剣士としての力量の低さがよくわかる。まだまだ未熟で、決して慢心してはいけないと思うようになる。

そうか。

俺は、おじいちゃんを乗り越えてこそ、自分に自信を持つことができるようになるんだな。

「あたしの師匠なんだから。あたしの師匠はすごいんだぞ、って自慢させてちょうだい。ね？」

俺だけではなくて、アルティナの問題でもあるのか。

師匠になった以上、責任は果たさないといけないな。

「わかった。約束はできないが、やれるだけのことをやろう」

「それでこそ、師匠よ♪」

アルティナがにっこりと笑う。

「あ、それと、あたしも戦うわ。弟子として、師匠だけに任せておくわけにはいかないからね」

「アルティナ様、ありがとうございます」

「でも、勘違いしないでよ!? 師匠が戦うから、あたしも戦うだけよ。弟子としての務めだからね！」

「ふむ？ これが、ツンデレというやつなのかな」

「ツンデレでございますわね」

「ちっがーーーーうっ!!」

5章　勇者、登場

策を練り、物資を補充して、万が一のために避難場所を作り。

ドラゴン襲来に備えて、セリスを中心に、できる限りの準備をしていく。

セリスは、俺達《おれ》だけではなくて、冒険者ギルドと騎士団にも正式に依頼を出したようだ。

まだ極秘とされているため、話が広がることはないものの、騎士達と、いくらかのパーティーが慌《あわ》ただしく動いている。

そんな人達を見て、街の人もなにかを感じたのだろう。

硬い表情をする人が多くなり、街全体の空気がピリついていた。


「師匠、食料と水の手配、終わったわ。あたしの顔で、二割引きにさせたから、ちょっと資金に余裕ができたかも」

俺とアルティナは、セリスの下で準備を進めていた。

彼女に協力して、いざというときの備えを進めていく。

「ありがとう。さすが、アルティナだな」

「えへへー。師匠に褒められちゃった、えへへー♪」

「アルティナ？」

「はっ⁉　な、なんでもないわ！　それよりも、激辛香辛料なんてなにに使うの？　師匠、辛《から》いものが好き？」

「それは食べるんじゃなくて、別の用途があるんだ」

「んー？」

「後で説明するよ。とにかく、今は準備を急ごう」

セリスの見立てでは、ドラゴンの襲来は明日か明後日。残された時間は少ない。

できる限り急いで準備をしないと。

「次は……他の冒険者達と一緒に、当日の策の最終確認か」

「ギルドに集められているらしいわ。行きましょう」

ギルドに向かう途中、街の人の様子を見る。

俺達、冒険者や騎士達の慌ただしい様子を見て異変を感じているらしく、表情はややぎこちない。

ただ、子供達はなにも知らない様子で、笑顔で遊んでいた。

……この笑顔は絶対に守りたいな。

おっさんである俺になにができるのか、それはわからない。

しかし、俺が持つ剣の意味に懸《か》けて……そして、大人の務めとして、なんとしても子供達を守りたいと思う。

その後、ギルドに到着した。

中に入ると、すでに十数人の冒険者が集められていた。

全員、今回のドラゴン討伐戦に参加する者達だ。

いずれもAランク前後のベテランで……そんな中に、俺のような初心者が混じっていいのか、やや不安になる。

とはいえ、ここまで来て、そういうことを気にしても仕方ない。やれることをやろう。

「みなさん、集まってくれてありがとうございます。では、数日中に始まるであろう、ドラゴン討伐戦についてお話しします」

場を仕切るのは、意外というかリリーナだった。彼女は受付嬢ではあるものの、ギルド内の地位は高いらしい。

策はこうだ。

様々な情報を検討した結果、ドラゴンの大体の出現位置を特定したらしい。その情報によると、北の森林地帯に出現するとのこと。

すでに森林地帯には、ありったけの罠《わな》を仕掛けておいた。

ただ、罠で討伐することはできず、せいぜいが足止めだろう。

しかし、それで十分。

第二陣として、俺達、冒険者が切り込む。

相手はドラゴンだ。

まともな戦闘になるか怪しいが……しかし、俺達も時間稼ぎ。

本命は、『撃竜砲』。

ドラゴンを討伐するために開発された最新兵器で、セリスが無理を言って、王都から取り寄せたものらしい。

俺達、冒険者が時間を稼いで、足止めをして、最適な状況を整えて……タイミングを計り後方部隊が『撃竜砲』を使い、ドラゴンを討つ。

「……以上が、今回の策になります」

言葉にすると簡単だけど、いざ実戦になれば、そうそう簡単にはいかないだろう。

想定外のトラブルなんて当たり前。策が失敗して全滅、という可能性もある。

皆の顔は緊張に包まれていた。

「一つ、いいかい？」

ふと、若い冒険者が挙手した。

アルティナと同じくらいの歳《とし》だろうか？　かなりの美男子で、街を歩けば、十人中九人の女性は思わず振り返ってしまうだろう。

背は高く、細身でありながら、服の上からでもしっかりと鍛えられているのが見てわかる。足運びを見ても只者でないことは一目瞭然だ。

そして、男性でありながら綺麗《きれい》と表現できる顔には、不敵な表情が浮かんでいた。

「僕達、冒険者は囮《おとり》で、本命が『撃竜砲』ということだけど……間違いないかい？」

「はい、間違いありません」

「なるほど。しかし、僕はそこに納得がいかないね」

「え？」

「僕の力ならば、『撃竜砲』なんて無粋なものを使わなくても、ドラゴンを討伐することは可能だ」

周囲の冒険者達がざわついた。

本気なのか？　という懐疑的な視線。

まさかこの人は、という驚きの表情。

彼は、いったい何者なのだろう？

同じ疑問を抱いたらしく、別の冒険者が怪訝《けげん》そうに尋ねる。

「あんた、やけに自信たっぷりだけど……何者なんだ？」

「やれやれ、僕のことを知らないとは。これだから田舎者は困る」

青年は不敵な笑みを浮かべつつ、力強く名乗りを上げる。

「僕は、シグルーン・グルヴェイグ！　『勇者』の称号を授《さず》かる、Sランク冒険者さ」

『勇者』。

それは、歴史的な偉業を成し遂げた冒険者に与えられる、究極の称号だ。

『勇者』にできないことはない、討伐できない敵はいない、全《すべ》てを救うことができる……そう言われるほどの力を持つ、絶対的な存在である。

この若さで『勇者』の称号を持つ。

それが本当ならば、『撃竜砲』という切り札がなくても、確かにドラゴン討伐が可能かもしれない。

「……ねえ、師匠」

「うん？」

「……あいつもグルヴェイグ、って言っていたけど、師匠の知り合い？」

「あ」

言われて気がついた。

グルヴェイグ、なんて姓はそうそういない。

もしかして、シグルーンは親戚なのだろうか？

ただ、グルヴェイグ家と距離をとって30年……本家が今、どのような状況に置かれているのかさっぱりわからない。

「あー……俺もちょっとよくわからないな。ただ、もしかしたら関係者かもしれない。もっとも、顔を合わせたことはないだろうから、互いに相手のことを知らないが……トラブルの種になるかもしれないから、俺のことは黙っていてくれないか？」

「……オッケー、了解よ。」

シグルーンは言葉を続けた。

「切り札が一つだけというのは、やや心もとない気がする。そこで、どうだろう？　僕を切り札として加えてもらえないかな？　なに、安心してほしい。『撃竜砲』を使用することなくドラゴンを討伐してみせると、『勇者』の称号に懸けて約束しようではないか」

「えっと……」

リリーナは困り顔に。

この展開は予想していない。それに、勝手に策を変更する権限は持っていない。

どうすればいいか悩んでいる様子だ。

そんなリリーナの沈黙を勝手に肯定と解釈したらしく、シグルーンは不敵に笑う。

「ふ、それでいい。僕の力を見せてあげようではないか」

「えっと……では、『撃竜砲』の前の戦いに、あなたも参加する、ということでよろしいですか？」

止められない。

そう判断したらしく、リリーナは困り顔をしつつ、無難な案を出した。

「ああ、それで構わないよ。話がわかるじゃないか、キミは。それによく見れば……うん。どうだい？　この後、一緒に食事でも」

「と、討伐戦に向けて色々とやらなければいけないことがあるため、失礼します！　あ、冒険者の皆さんも、今日は解散でお願いします！　討伐戦の際は、よろしくお願いします！」

リリーナは慌てて奥に逃げた。

そんな彼女を見て、シグルーンはやれやれと頭を振る。

「あそこまで照れなくてもいいのに。まったく……こういう時は、僕が僕であることを恨めしく思うね。この綺麗な顔は厄介だ」

ふむ？

彼のことはまったく知らないが、とても危なく、厄介な雰囲気がした。

面倒になるかもしれないから、すぐに立ち去った方がいいだろう。

俺とアルティナは、そっとギルドの外に出ようとして、

「おや？　アルティナ！　アルティナじゃないか！」

しかし、当の本人に呼び止められてしまう。

「げっ……」

最悪の展開……という感じで、アルティナが大きく表情を歪《ゆが》めた。

それに気づいているのかいないのか、シグルーンは笑顔で歩み寄ってくる。

「やあ、久しぶりだね！　元気にしていたかい？」

「え、ええ……まあね」

「そうか、それはよかった。僕も、キミに会えて嬉《うれ》しいよ。こうして再会できることをどれだけ望んでいたか。もちろん、キミも嬉しいだろう？」

「……あたしは欠片《かけら》も望んでいないわよ、このストーカー勇者め……」

「うん？　今、なにか言ったかい？」

「なにも。ところで、なにか用？　ただの世間話ならお断りよ。討伐戦の準備があるからね」

「そうつれないことを言わないでくれ。僕とキミの仲だろう？　これから食事にでも行こう、美味《おい》しい店を知っているんだ。そこで旧交を温《あたた》めよう。なんなら、夜も一緒に過ごそうじゃないか。僕が使っている、最上級の宿に招待しよう」

「だから、行かないっての」

「照れているのかい？　それとも、僕が勇者だから気後れしているのかな？　なに、遠慮することはない。キミは、僕の妻候補の一人なのだからね」

衝撃の事実が告げられた。

驚いてアルティナを見ると、違う！　と言うかのように、ぶんぶんと激しく首を横に振っている。

「勝手なこと言わないで！　誰《だれ》が、あんたなんかの妻になるもんですか！」

「はっはっは、また照れ隠しかい？　キミの素直になれないところは、それはそれで可愛《かわい》いと思うよ」

「あーもうっ、この男は……!!」

いかん。

アルティナが人斬りのような目をしているぞ。

「師匠っ!!」

「は、はい!?」

「とっとと宿に帰るわよ！」

「え？　いや、しかし、この方は……」

「放っておけばいいのよ、文句ある!?」

「いえ、なにも」

これ以上ないほどの殺気を叩《たた》き込《こ》まれたら、素直に頷《うなず》くしかない。

シグルーンは俺達の会話を聞いておらず、自分の世界に浸っている様子で、不思議そうに首を傾げた。

「どうしたんだい、アルティナ？　さあ、食事に行こうじゃないか。それから宿に行き、一緒に熱い夜を過ごそうじゃないか」

「おあいにくさま。あたしは、これから師匠と宿に行くの！」

「……なんだって？」

「じゃあね！　できれば、二度と会いませんようにっ!!」

討伐戦に参加する以上、嫌でも数日中に再会すると思うぞ？

「なんか言った？」

「イエナニモ」

「じゃあ、行くわよ！」

「あ、ああ……では、これで失礼する」

アルティナに引きずられるまま、俺は、その場を後にした。


「……」

一人、残されたシグルーンは、ぽかんと立ち尽くす。

「この僕ではなくて……冴《さ》えないおっさんを誘う？　僕ではなくて？　……え？　どういうことだ？　まったく理解できないのだが……」

ややあって、シグルーンは強く拳《こぶし》を握る。

怒りの形相《ぎょうそう》で舌打ちをした。

「おっさんより下……と言いたいわけか、彼女は？　よくもまあ……ここまで、この僕をコケにしてくれたものだな。一度、自分の立場というものをわからせてやらないといけないな。ふ、ふははは、はははははっ！」

◇

「師匠、ごめん！」

宿に戻ったところで、アルティナに頭を下げられた。

なぜ、彼女が謝るのだろう？

「みっともないところ見せちゃった……」

「それは、別に謝ることじゃないだろう？　俺はなにも気にしていないが」

「ありがとう、師匠」

「ただ……ふむ。プライベートにあまり口を挟むつもりはないのだが、それでも、よかったら事情を教えてくれないか？」

「それは……でも、えっと……うん。わかったわ。こうなると、もしかしたら師匠にも迷惑をかけちゃうかもだし、ちゃんと説明しておくべきね」

アルティナはため息をこぼしてから、シグルーンとの関係について説明してくれた。

アルティナとシグルーンは、一時期、パーティーを組んでいたらしい。

剣聖と勇者のコンビ。控えめに言っても最強だ。

パーティーは難易度の高い依頼を次々と達成していくのだけど、ある問題が浮上した。

シグルーンの女癖の悪さだ。

彼は、自分の容姿に絶対の自信を持っている。その上で、自分に声をかけられるのは光栄なこと、というとんでもない勘違いをし始めた。

顔も良く、実力もある。

彼の誘いに応じる女性は多く、それが、彼の勘違いをさらに増長させた。

ほどなくして、アルティナも自分のことが好きに違いない、と思い込むように。しつこくて強引《ごういん》なアプローチを仕掛けてきたという。

それに嫌気が差したアルティナはパーティーを抜けて、ソロで活動するようになった。

それからしばらくして、俺と出会い……今に至る。

俺とシグルーンに関係がないと知り安心していたのも、そういう訳か。


「……と、いうわけなのよ」

「そんなことになっていたのか……」

「だから……ごめん。さっきの行動で、師匠、あのバカに目をつけられちゃったかも……でも、あたし、我慢できなくて。というか、嫌悪感が半端《はんぱ》なくて……」

「いいさ」

一言で許すと、アルティナがぽかーんとする。

「それは、別にアルティナが悪いわけじゃないだろう？　彼に問題がある。それなのに、アルティナが謝る必要はないさ」

「で、でも、あたし、煽《あお》るようなことを言っちゃったし……」

「彼の行いを考えれば、当然の怒りだ。さすがに、あれはどうかと思う。アルティナが怒っていなくても、俺が口を出していたかもしれない」

「でもやっぱり、あたしのせいで師匠にも迷惑をかけるかもしれないと思うと……」

「気にするな」

「……師匠……」

「俺は師匠で、そして、大人だ。アルティナに迷惑をかけられるなんて思わないし、守るのは当然のことだよ」

「……ありがと。やっぱり、師匠は優しいわ」

アルティナは、ちょっと頬《ほお》を染めつつ、小さな声で言う。

そんなアルティナの頭をぽんぽんと撫《な》でると、やや不満そうに唇を尖《とが》らせる。

「むぅ、子供扱いしないで」

「すまん、すまん」

「でも……本当にありがと。師匠の想《おも》いは伝わったわ」

ようやくアルティナに笑みが戻る。

うん。

やはり、彼女は笑っていた方がいいな。笑顔がとてもよく似合う子だ。

「よーし！　あんなヤツのことは忘れよ。それと、お詫びっていうことで、今日のご飯はあたしが奢ってあげる！」

「本当か？　なら、高いメニューを上から五つほど……」

「そ、それはちょっと……」

「冗談だ」

「っ……もう、もう！　師匠のばか！」

やりすぎてしまい、今度は拗《す》ねてしまう。

機嫌を直してもらうのに大変だったけれど、でも、いつもの様子に戻ったようでなによりだった。

◇

翌日。

斥候を務める冒険者から、ドラゴンが現れたとの報告があった。

ついに決戦の時だ。

この日に備えて、できる限りの準備を進めてきた。

冒険者と騎士が一丸となり、対策を練り上げてきた。

その成果を見せる時だ。

ただ……全てうまくいくとは限らない。想定外のトラブルがあるかもしれないし、ドラゴンを相手にする以上、怪我人《けがにん》も多く出るだろう。

もしかしたら、死者も出るかもしれない。

できることならば犠牲者は出ないでほしい。

ただただ、全てがうまくいくことを願う。


「見つけたよ。僕の愛しい女性に手を出す、こそ泥ネズミめ！」

作戦開始前。

騎士を含めて、ギルドで最終的な打ち合わせをしていると、高らかな……それでいて、自分に酔っているような声が響いた。

シグルーンだ。

「貴様は許されないことをした……その罪はとても重く、業火《ごうか》に焼かれなければならぬほど。まずは、土下座をしてもらおうか。謝意を示すことができたのなら、少しは僕の印象が良くなるかもしれないぞ？　罰は免れないが、それを軽減することも考えてあげようではないか。あぁ、なんて優しいのだろう、僕は！」

「「……」」

突然、訳のわからないことを言い出すものだから、混乱して、思考停止してしまう。

他の人達も同じ様子で、この非常時になにを言っているんだ？　というような顔をしていた。

「さあ、謝罪をしたまえ！」

「えっと……なぜだ？」

「なぜ⁉　なぜと言ったのか、貴様は⁉　なんという……なんという愚か者なのだ。まさか、己《おのれ》の罪も自覚できないほどの低脳だったとは。貴様に対する怒りはあるが、しかし、哀れみも覚えてきたな」

彼は役者になった方がいいのではないか？

そう思えるくらい、一つ一つの仕草が芝居がかっていた。

「貴様は、僕の女に手を出した。これは、一般常識で考えると、あってはならないことだ。それは、さすがに理解できるだろう？」

「後者は理解できるが、前者は無理だな。アルティナは、キミと付《つ》き合ったこともその予定もないと言っていたよ」

「ふふん、バカめ。それは、照れ隠しというものだ」

「……あんたがバカよ。こいつ、斬り殺したい……」

アルティナが本物の殺気を放ちはじめたので、慌てて会話の軌道修正を試みる。

「えっと……どうやら、誤解があるようだ。俺は、俺の認識が正しいと思っているが、キミは、キミの認識が正しいと思っている。このままでは、話は平行線になると思わないか？　そうならないように、まずは一度落ち着いて……」

「ふむ……それもそうだね。では、こうしようじゃないか。勝負をしよう」

「勝負？」

なぜ、そういう話になる……？

シグルーンの思考についていけず、アルティナの気持ちを少し理解することができた。

「ドラゴン討伐を前に、そんなことをしている時間は……」

「そのドラゴン討伐で勝負をすればいいのだよ。どちらがドラゴンを討伐できるか。それでいいと思わないかい？」

「……いや、待て」

皆で綿密に策を練り上げたというのに、それを、たったの一瞬で崩壊させるようなことを言う。

この男は、いったい、なにを考えているのだろう？

頭痛がしてきた。

「……きっと、なにも考えていないわ。だって、バカだもの」

俺の考えを読んだ様子で、アルティナが呆《あき》れ顔で言う。

「あの……グルヴェイグさん？　そのような勝手をされると、とても困るのですが……」

「なに、心配は無用さ。どのような流れになろうと、最終的に、ドラゴンは僕が討伐する。真の切り札は僕なのだからね」

「えっと……」

それが信用ならない、という感じで、リリーナは微妙な顔に。

他の受付嬢達も同じ表情だ。

Sランクの冒険者で、そして勇者の称号を持つ。

普通ならば、絶対的な信頼を得るはずなんだけど、こうも正反対な結果になってしまっているのは、彼の人柄のせいだろうか？

「お二人の間に問題というか因縁というか、そういうのがあることは理解しましたが、街の危機を勝負に利用されてしまうのは、さすがにちょっと……」

「む？　なにか問題があるのかな？」

シグルーンは、リリーナの言いたいことが本気で理解できないらしく、不思議そうに首を傾げていた。

「えっと……ですから、ドラゴン討伐は絶対に失敗できませんから。そのような不確定要素となるものを持ち込むわけには……」

「なにを言っているんだい？　この僕がいるのだから、失敗なんてありえないさ」

「ええっと……」

同じ会話が繰り返されていた。

この男、学習能力がないのだろうか？

このままだと、面倒なことになるな。

そうなる前に軌道修正を図りたいところだが……

「……わかった、勝負を受けよう」

「ふむ。それなりに話がわかるじゃないか。底辺の愚図ではないようだね」

この物言い……子供の頃に別れたきりの異母兄《いぼけい》を思い出すな。

もしかして、関係者なのだろうか？

「勝負の方法は？」

「もちろん、どちらがドラゴンを討伐するか、だよ」

「わかった、それで構わない」

「師匠⁉」

「ガイさん⁉」

そんなヤツの話に乗るなんて、という感じでアルティナとリリーナが驚いていた。

そんな二人に、そっと耳打ちする。

「……いい感じに彼を誘導してドラゴンにぶつけるから、それを足止めにしよう。そのまま倒してしまったのなら、それはそれでよし。難しいようなら、『撃竜砲』の出番というわけだ」

「……なるほど。バカとハサミは使いよう、ってことですね」

「……師匠も悪《わる》ねえ」

二人はとても楽しそうな顔をしていた。

鏡で自分の顔を見てほしい。リリーナとアルティナも、十分に悪だと思うぞ。

「でも、それじゃあ師匠の負けにならない？」

「『撃竜砲』でトドメを刺したのなら、引き分けにならないか？　仮に、彼がドラゴンを討伐したとしても、それはそれで構わないさ。俺の負けということで、土下座でもなんでもしよう。なに、それで街が守れるのなら安いものだ」

「ガイさん、あなたという人は……」

「まったく、師匠は本当にお人好しなんだから」

リリーナとアルティナはにっこりと笑い、

「「だから素敵」」

「ふふ、乙女の本心よ」

「お、おっさんをからかわないでくれ」

「どんな結末になろうと、ギルドは、ガイさんを全力で支援することを約束します」

「ありがとう」

「キミ達、なにをこそこそ話しているんだい？」

シグルーンは不思議そうな顔をした。

「もしかして、勝負を受けたことを後悔しているのかな？　まあ、それも仕方ない。なにせ、僕は勇者なのだからね」

「えっと……まあ、それなりにがんばるさ」

「ははは、僕の実力に怯《おび》えることなく、立ち向かう勇気は褒めてあげよう。しかし、それは蛮勇というものだ。実力差をしかと見せつけて、そして、僕は愛しいアルティナを取り戻してみせようではないか！」

こちらの考えていることなんて欠片もわかっていないシグルーンは、一人、自分に酔いしれた様子で叫んでいた。

本当、困った若者だ。

ただ、そんな若者だとしても、導いていくのが大人の務め。

今回の作戦、うまく乗り切らないといけないいな。

6章　ドラゴン討滅戦

いよいよ作戦が開始された。

第一陣である、武装した冒険者達が前に出て、森へ向かう。

その後方に、第二陣。こちらは後方支援担当だ。

そして、最後に第三陣。

全体の指揮を執りつつ、切り札である『撃竜砲』の運搬、運用を担当している。『撃竜砲』を使用するのも第三陣の役目だ。

当然ながら、俺《おれ》達は第一陣に配置された。

森の中を慎重に進む。

行く手を塞《ふさ》ぐかのように木々が立ち並び、植物が長く深く生い茂っている。ナタで道を切り開いていかなければいけないため、なかなかの労働だ。

しばらく進んだところで、アルティナは額から流れる汗を拭いつつ、周囲を見る。

「動物だけじゃなくて、魔物もいないわね。普段なら、何匹かとっくに遭遇しているはずなんだけど」

「たぶん、ドラゴンの気配に怯《おび》えて逃げたんだろうな」

セリスの情報は間違っていない。ドラゴンはこの森にいる。

皆、緊張感を顔ににじませていた。

だというのに、欠片《かけら》も緊張しておらず、脳天気なところを見せる者もいた。

「ふむ？　静かな森だな。このようなところに、本当にドラゴンがいるのかい？　情報に疑いを持ってしまうな」

「……情報源は、領主のセリスよ」

「おぉ！　あのセリス嬢か！　ならば、間違いはないな。ここにドラゴンがいることは確実なのだろう。なにせ、彼女もまた、僕の嫁候補なのだからね！」

「あんたね……はぁぁぁ」

アルティナは盛大なため息をこぼしつつ、頭を抱えた。

大丈夫、俺も頭が痛い。

……大丈夫じゃないか。

「というか……」

「なんだい？」

「もう敵の生息圏内に入っているだろう。下手に大きな声を出さない方がいい」

「なに？　この僕が、ドラゴンを相手に遠慮しろというのか？」

「え？　いや、そういう意味ではなくて……」

「僕は、どのような場であろうと僕であることをやめない！　それを止めることは、ドラゴンであろうと不可能だ！」

そういう問題じゃないだろう？

無駄に相手を刺激することになるし、できれば先制攻撃をしたいから……って、ダメだな。彼は、本当に人の話を聞かないタイプだ。

できれば、作戦に支障をきたすことがないようにしてほしいものだけど……


「グルァアアアアアァッ‼」


……手遅れのようだ。

大気を震わせるかのような咆哮が響き渡り、強烈なプレッシャーと共に、砦のような巨体が姿を見せた。

空を覆《おお》うほどの翼。

槍のように鋭く、歪《いびつ》な形をした牙《きば》。

刃を弾《はじ》いて、魔法も弾く、強靭《きょうじん》な鱗に身を包んでいる。

単独で街を滅ぼすといわれている、天災級の魔物……ドラゴンだ。

「なっ⁉　こんな浅いところにいるなんて聞いてないぞ⁉」

「やばっ……い、急いで陣形を、いや、それよりも……」

「待って待って待って⁉　あたしは後方支援なのに……」

「みんな、落ち着くんだ！」

ドラゴンの咆哮に負けないくらい、大きな声を響かせた。

浮足立つ騎士や冒険者達がピタリと止まる。

よし。

こういう時は、逆に驚かせてしまえばいい。思考が空っぽになってしまうものの、ただ、パニックに陥《おちい》ることはない。

今のうちに、本来、やるべきことを思い出してもらう。

「予定とは違うものの、俺達のやるべきことは変わらない！　そうだろう?」

「そ、それは……」

「ドラゴンを討伐して、街を守る！　街にいる大事な人達を守る！　俺達は今、そのためにここいる……違うか!?」

「……っ……」

「だから、やるべきことは一つだ。みんな、がんばろう！」

「「「おう!!」」」

さすがだ。

騎士と冒険者達は我を取り戻して、それぞれの配置に即座に移動した。バラバラになっていたけれど、瞬時に陣形を組み立ててみせた。

日頃の訓練の成果だけではない。

皆が街を守りたいと願い、その想《おも》いが力となって現れているのだろう。

……とはいえ、全《すべ》て思い通りにいくことはない。

「さあ、ドラゴンよ。正義の剣を受けてみるがいい！」

シグルーンが抜剣して、高々と名乗りを上げつつ、ドラゴンに突撃した。

誰《だれ》よりも早く動いたのは素晴らしいと思うが、しかし、単独行動はいただけない。

そこらの魔物ならともかく、相手はドラゴンなのだ。連携を密にして、互いが互いをカバーしなければ、すぐにやられてしまうだろう。

ただ、シグルーンはそんなものは必要ないと、前に出て、剣を振るう。

「これが勇者の力だ！」

シグルーンは誇らしげに叫びつつ、傍目に見てわかるほど自信に満ち溢《あふ》れた一撃を放つ。

事実、その剣の太刀筋は見事なものだった。

速く、鋭く、そして力強い。

彼のような剣の使い手は、なかなか見られるものではない。

……なかなか、というだけで唯一無二というわけではないのだが。

ギィンッ！

刃はドラゴンに届いた。

しかし、ダメージは届かない。

甲高い音を立てて、シグルーンの剣が折れた。折れた剣先がくるくると回転して、明後日の方向に飛んでいく。

「……は？」

呆然《ぼうぜん》と立ち尽くすシグルーン。

対するドラゴンは、激しい怒りを見せていた。

「ガァッ!!」

「ひっ……!?」

ドラゴンが吠えて、シグルーンが逃げ腰になる。

それでも、すぐ次の行動に移ることができたのが、さすがというべきか。

シグルーンは予備の剣を抜いて、弓を引くかのように構えた。

狙《ねら》いを定めて。意識を集中して。

そして、高速の刺突《しとつ》を放つ。

狙いは一点、ドラゴンの瞳《ひとみ》だ。いくらドラゴンとはいえ、瞳ならば攻撃が通ると思ったのだろう。

しかし、それは大きな間違いだ。

再び甲高い音が響いて、予備の剣も折れてしまう。

「なっ、なっ……バカな!?　この僕の一撃が通らないだと!?」

「いや、当たり前でしょ。ドラゴンだからこそ、瞳も鋼鉄のように硬いのよ？　それなのに、真正面から突きとか、バカなの？」

アルティナは冷めた目でツッコミを入れつつ、自慢の聖剣を抜いた。

前に出て、シグルーンに牙を向けていたドラゴンを、横から叩《たた》く。

いくら聖剣でも、ドラゴンの強靭な鱗を突破することは難しい。故に、斬撃《ざんげき》ではなくて打撃を選んだのだろう。

本来の用途とは違うのだけど、それでも、剣聖の一撃だ。ドラゴンは体勢を崩して、シグルーンに襲いかかるのを止めた。

シグルーンは困った者ではあるが、死なれては寝覚めが悪いのだろう。だからこそ、他に注意を逸《そ》らすことで助けた。

なんだかんだ、優しい子だ。

「今のうちに逃げなさい！」

「な、なにをバカな……⁉　勇者である、この僕が……」

「ガァッ‼」

「ひぃっ……⁉」

ドラゴンに睨《にら》まれると、シグルーンは悲鳴をあげて、一歩二歩と、じりじりと後退した。

さらに、そのまま背を向けて逃げ出してしまう。

気持ちはわからないでもないが、それは悪手だ。熊と同じで、魔物を相手に背中を見せてはいけない。

「グゥ……ルァッ！」

案の定、ドラゴンは激しく吠えて、格好の獲物であるシグルーンに狙いを定めた。

俺は、その間に割り込み、とある袋を投げつける。

「ギァッ⁉」

赤い粉が散り、ドラゴンが悲鳴をあげた。

「師匠、今の、もしかして……」

「ああ。この前の激辛香辛料だ。こうして、目眩《めくら》ましとして使うことができる」

「へぇ、そういう使い方は考えたことなかったわ」

「これで、ちょうどいい感じに注意がこちらに向いたな」

ドラゴンが怒りに吠えて睨みつけてきた。

そのプレッシャーはすさまじい。まるで標高の高い山にいるかのようで、息を吸っても吸っても苦しい。刺さるような寒気も覚えた。

俺とアルティナの間に緊張が走る。

「他の冒険者達は？」

「体勢を立て直すので精いっぱい。ここで、あたし達が足止めしないと全滅確定ね」

「ということは、『撃竜砲』も期待できないか……」

「逃げる？」

「いや。俺は、ここで足止めをする。アルティナは……」

「あたしだけ逃げろ、なんてバカなこと言わないでよ？　そんなことを口にしたら、いくら師匠でも許さないから」

アルティナはまっすぐにこちらを見て、強い調子でそう言った。

その瞳に宿る覚悟を見て、俺は苦笑する。

本来ならば、大人として、彼女を逃がすべきなのだろう。

ただ、アルティナは剣士だ。

ここで逃げることは恥であり、また、剣士生命を終わらせることになりかねない。強敵だからといって逃げていては、なにも成長できないからだ。

時に命を懸《か》ける必要がある。

それが、きっと今なのだろう。

「わかった。アルティナは援護を頼む」

「……いいの？」

「正直なところ、人手は欲しいからな。ただ、決して無茶はしないように」

「ドラゴン相手に戦う、っていう時点で無茶だけどね」

俺とアルティナは横に並び、いつでも動けるように構えた。

「さて、どう攻めるか？」

「比較的装甲の薄い翼や口内を狙って。鱗を真正面から斬るなんて、自殺行為よ。シグルーンみたいに、剣が折れてしまうだけで……」

ザンッ！


「ふむ、斬れたな」

「なんで斬れるのよっ⁉」

試しに斬撃を放つと、鱗を貫くことができた。

「あたしの話、聞いていた⁉　ドラゴンの鱗は鋼鉄よりも硬いの！　あたしの聖剣でも、鱗に軽い傷をつけることで精いっぱい！　だから打撃をぶち込んでいたのに……なんで、師匠はぶち破ることができるわけ⁉」

「運だろうか？」

「ケルベロスの時と同じことを言わせないで！」

「来るぞ」

ドラゴンは、咆哮を響かせつつ、突撃してきた。

間にある木々はおかまいなし。薙《な》ぎ倒しつつ、自らの体を矢のようにして、俺達を狙う。

ちらりと後ろを見ると、他の冒険者と、それと後続部隊が見えた。五十メートルほど離れているが、しかし、ドラゴン相手では、それは絶対に安心できる距離とは言えない。

ここで避けた場合、彼らが攻撃を受けることになるだろう。

「師匠、相手の攻撃をよく見れば、避けることはわりと簡単よ。それで、的確に反撃を……って、師匠⁉　なんで立ち止まっているわけ⁉」

「避けるわけにはいかない、受け止める」

「ちょっ……⁉　ドラゴンの突撃を人間が受け止められるわけ……」

「はぁあああああっ‼」

「……受け止められたわね」

シグルーンが捨てていった折れた剣を拾い、それを盾にした。

しっかりと大地を踏みしめて、気を体中に巡らせて、ドラゴンの突撃を真正面から受け止める。

ゴォオオオ！　という、体の芯《しん》まで響くような痛烈な衝撃。全身がバラバラになってしまいそうだけど、しかし、ここで負けるわけにはいかない。

俺が抜かれた場合、次に犠牲になるのは後続の人達だ。

俺は……彼らを守る！

決意を固めて、思い切り大地を蹴《け》る。ヤツの突撃に負けないくらい、こちらも全力で押し返してやる。

結果……シグルーンが捨てていった剣は粉々に砕けてしまうものの、ドラゴンの突撃を止めることができた。

「あたし、もしかして夢を見ているのかしら？　師匠の非常識さは知っているつもりだったけど、まさか、ここまでだったなんて……」

「いくぞ、アルティナ！」

「ええ、わかっているわ！　師匠が作ってくれたチャンス、無駄にするものですか！」

アルティナは、木々の枝を足場にして跳躍。ドラゴンの背に飛び乗り、鋭い斬撃を放つ。

彼女が言っていた通り、ドラゴンの鱗は鋼鉄よりも硬い。並の剣では、シグルーンの時のように折れてしまうだけ。

聖剣でも、貫くことは難しい。

しかし……

「ギァ⁉」

アルティナの剣は、鱗のない関節の付け根《つ》を捉《とら》えていた。刃が皮と肉を斬り裂いて、血が流れる。

その痛みにドラゴンは吠えて、デタラメに暴《あば》れ回る。

ドラゴンの脅威の一つは、その力だ。

たわむれの一撃で人を死に追いやり。人々が必死になって築き上げた城壁も一瞬で破壊してしまう。

それほどの力を持つドラゴンが暴れたら、それはもう災害だ。巨体が動く度《たび》に地面が揺れて、地震が何度も起きているかのよう。大地が割れて、木々も劇の作り物のように軽々と吹き飛ばされていく。

「おとなしくしてもらおうか」

続けて、俺も前に出た。

暴れ回るドラゴンは脅威ではあるが、しかし、意味も狙いもなく暴れているだけなので、死の危険を感じることはない。

相手の動きをよく見て、よく観察する。

自身の体を安全なところに逃がしつつ、距離を詰めて……剣を一閃《いっせん》。

鱗を切り裂いて、その下の肉も切り裂いた。

その反動を利用して軸足を回転させつつ、もう一撃。今度は浅い。鱗を破壊しただけで、下の肉を斬ることはできない。

ただ、それでいい。

「こ……のぉっっっ!!」

さすがというか。

アルティナは、瞬時に俺の隣に降りてきて、追撃を放った。

彼女は鱗を突破することは難しいが、すでにその鱗がない状態ならば?

まったく問題ない。

聖剣の刃が深々と突き刺さり、ドラゴンの足を一つ、破壊することに成功する。致命傷ではないが、これでもう、ヤツは大きく動き回ることはできないだろう。

「やった、あたしもできた!」

「さすがだな」

「師匠のおかげよ。あたしだけだったら、鱗は壊せなくて、どうにもならなかったと思うわ」

「なら、師匠と弟子の共同作業だな」

「えへへ、いいわね、それ」

互いに笑う。

こんな時になんだけど、ひどく楽しい。

同じ目的のために、仲間と共に剣を振るう。

それは、今までに味わうことのできなかったものだ。達成感すら覚えていた。

とはいえ、まだそれは早いか。

今は、ドラゴンの討伐を最優先に考えないと。

「グルァアアアッ⁉」

ドラゴンは嫌がるような咆哮を上げつつ、上空に逃げた。

致命傷ではないが、そもそも、ドラゴンがダメージを受けることは滅多にない。久しぶりに味わうであろう『痛み』という感覚を恐れたのだろう。

ただ、食物連鎖の頂点に立つプライドもあるらしい。

このままやられっぱなしではいられないと、滞空しつつ、こちらを睨んでいる。

俺とアルティナは、空を飛ぶドラゴンに対する攻撃手段は持たない。

でも、問題はない。

「放てっ！」

いいタイミングで、騎士や冒険者、それと、支援部隊が体勢を立て直すことができた。矢、投石、魔法……様々な攻撃が空を飛ぶドラゴンに襲いかかる。

矢が翼を傷つけて、投石が身を打ち……そして、魔法が炸裂する。轟音が響いて、炎と衝撃波を撒《ま》き散らす。

それは地上にいる俺達も感じるほどで、高い威力であることがわかる。

「今の魔法は……」

「上級魔法のフレアよ。効果範囲は狭いけど威力は抜群。あれなら倒すまではいかなくても、多少のダメージは届くはず」

さらに魔法が連射された。

爆炎が何度も重なり、空に炎の花が咲いているかのようだ。

それでもまだドラゴンは落ちないものの、しかし、着実にダメージは積み重なっているらしく、圧が弱くなっていた。

これならいけるかもしれない、と皆が明るい顔になる。

「ふっ、僕の剣でトドメを刺したいところなのだが……この程度か、拍子抜けだね。これなら僕が相手をするまでもない。キミ、『撃竜砲』の準備をするように」

いつの間にか、シグルーンが戻ってきていた。

何事もなかったかのように、後方部隊に指示を飛ばしている。

なんというか……図太い神経をしているな。

ある意味すごいと、少しだけ尊敬してしまいそうだ。

「これなら、いけるかもしれないわね」

「……いや。まだだ」

攻撃は継続されているものの、やはり、ドラゴンは落ちていない。

最初はドラゴンの勢いが衰えていたのだけど、それは最初だけ。今は、火山が噴火する前触れのような威圧感を覚えた。

それは、ドラゴンの怒り。

よくもやってくれたな？　と、逆襲の機会を窺《うかが》っているのだろう。

「皆、後ろへ！」

「え？　師匠、なにを……」

俺は、皆をかばうように前に出た。

ほぼ同時に、ドラゴンは両翼を大きく広げて、真上に飛ぶ。その動きはとても速く、見落としてしまいそうなほどだ。

さらに上空に移動したところで、ドラゴンは低く唸《うな》りながら滞空。頭部を軽く仰《の》け反《ぞ》らせて、ブレスを吐く体勢に移行する。

「お、おいっ!?　まずいぞ！　早くアイツを撃ち落とせ！」

「む、無理です！　今までの攻撃で落ちないとなると、もう、『撃竜砲』しか……」

「ならば早く使え！　ドラゴンのブレスは、岩も溶かすんだぞ!?　まともに喰《く》らうわけにはいかない！」

「じ、時間が……」

シグルーンと後方部隊が揉《も》めていた。

こんな時に、揉めている場合じゃないというのに。

「ど、どうすれば……？」

アルティナは、打つ手が思い浮かばないらしく、愕然《がくぜん》と空を飛ぶドラゴンを見上げていた。

その体は、小刻みに震えている。

そんな彼女を見ていたら、俺は、逆に落ち着いてきた。

俺はアルティナの師匠で、そして、大人だ。

アルティナを守らないといけない。守る義務がある。

「そして……俺の剣は、守るためにある」

一歩、前に出た。

剣を鞘に戻して、しかし、柄に手を伸ばしたまま。

体勢は低く、やや前傾姿勢に。

「すぅぅ……」

独自の呼吸で気を練り上げていく。

手足の先端まで、体の隅々まで気を巡らせていく。

「ガァアアアアッ!!」

怒りの咆哮と共に、ドラゴンがブレスを放つ。

その一撃は、神の怒りのようだ。

天から降《ふ》り注《そそ》ぐ紅蓮《ぐれん》。全てを焼き尽くして、灰と化す炎が、津波のように広範囲に、勢いよく襲いかかってくる。

皆、絶望の表情を浮かべていた。

アルティナも覚悟を決めた様子だった。

しかし、俺は……


「……斬る！」


抜剣。

一歩を踏み込むと同時に、全力の一撃を繰り出した。

斜め下から斜め上に。

音を超えて、さらにその先を行く速度で、刃を走らせた。

リィィインッ！　という、鈴が鳴るような音が響く。

その音に反応するかのように、ドラゴンのブレスが散らされていく。剣の軌跡に従い二つに分かたれて、力を失い、散らされていく。

よし。

咄嗟《とっさ》の行動だったけれど、うまくいったみたいだ。

「「……」」

アルティナとシグルーンが目を丸くして、

「「はぁっ⁉」」

ほぼ同時に驚きの声をあげた。

「どうしたんだ、二人共？」

「師匠こそどうしたのよ⁉　また訳のわからないことをして！　訳のわからないことをして！　本当に訳のわからないことだから、三度言ったわ⁉」

「ドラゴンのブレスを斬る、だと……？　まさか、そんな芸当を成し遂げるものがいたなんて……」

「そんなに驚くようなことか？」

「「驚くから‼」」

ダブルツッコミ。

おかしいな？

おじいちゃんは、鼻歌混じりに成し遂げていたのだが。

「ガァッ‼」

ブレスを散らされたせいか、ドラゴンが苛立つように吠えた。

翼を羽ばたかせると、さらに高く舞い上がる。

そして、太陽を背に急降下。自らの体を鈍器として、巨大な体を叩きつけてくる。

「ふん。当たれば厄介だろうが、そのような大振りな攻撃、避けるのは簡単だ」

「太陽を背にするっていう、こざかしい真似をしてくれるけど、それくらいで避けられないなんてことは……って、師匠⁉」

シグルーンとアルティナは安全圏に退避するものの、俺は動かない。

急降下してくるドラゴンを真正面に捉えた。

「師匠、なにやってんの⁉　逃げて！」

「おいっ、キミは自殺したいのか⁉」

「いや。これで決着をつける」

ドラゴンの急降下による攻撃は、こちらにとってとても都合がいい。

再び剣を鞘に戻して、先ほどと同じ構えを取る。

おじいちゃん直伝の抜剣術だ。

一撃の度に構え直して、気を練り直さないといけないのだけど、威力は見ての通り。速度も申し分なく、ドラゴンがどれだけ加速していたとしても、それより先に攻撃できるという自信があった。

「ガァアアアアッ！」

「……っ……」

ドラゴンの巨体が勢いよく迫り、その恐怖にわずかに動揺してしまう。

落ち着け。

深呼吸をする。

俺の剣は、おじいちゃんに教わったものだ。

なればこそ、負けることはない。絶対に勝つことができる。

なによりも、誰よりも、そう信じていた。

「すぅ……」

集中。

集中。

集中。

そして、気を練る。

心は優しい湖のように。

それでいて、熱い太陽のように輝いて。

「はぁっ!!」

抜剣。

刃が宙を走り、急降下してきたドラゴンと激突した。

剣にぐぐっと重みが加わるものの、それは、一瞬。刃はそのままドラゴンの体を貫いて、駆け抜けて……そして、断つ。

「グギャアアアアッ!?」

ドラゴンの頭部から肩口までを深く斬り裂いた。

その勢いで巨体が逸れて、少し離れたところに落ちる。

ズゥンッ！　という轟音と、地震が起きたかのような大地の揺れ。

「「はぁあああああっ!?」」

これ以上ないほど最適なタイミングでカウンターが決まり、ドラゴンが地に落ちた。

まだ生きているものの、致命傷に近い。動くことができず、ピクピクと震えるだけ。

それを見たアルティナとシグルーンが、あんぐりと口を開ける。

ややあって、我に返った様子のアルティナが駆けてきた。

「し、師匠……今、なにをしたわけ……？　ど、どうやって、あのドラゴンの攻撃を突破して……」

「大したことはしていないさ」

「ドラゴンの撃墜は十分に大したことよ！」

「相手の勢いを利用したんだ。ほら、ドラゴンは思い切り突っ込んできただろう？　俺はただ、ヤツの突撃のタイミングに合わせて剣を振る。そうすれば、ドラゴンは自分から剣に突っ込むことになり……思い切り突撃しているものだから、自爆することになった、っていうわけだ」

「ええ……」

わかりやすい説明をしたつもりなのだけど、アルティナは納得していない。

未開の原住民族を見るような目を向けられた。

「そりゃ、まあ、理屈で言えば師匠の言っていることは正しいんだけど……剣を振るタイミングは、0・1秒間違えただけでもアウト。角度などの調整もミリ単位。突撃に耐えられる剣と、それを持つ膂力《りょりょく》も必要とされて……なによりも必要なのは、ドラゴンの突撃に真正面から立ち向かう度胸。師匠って、頭おかしいんじゃないの……？」

酷《ひど》いことを言われてしまう。

一応、キミは俺の弟子だよな……？

もう少し敬う心を持ってほしい、と切に願う。

「おっさんだって、やる時はやるんだぞ？　若い者に負けていられないからな」

「だからって、ドラゴンと真正面からやり合うとか無謀すぎるわよ。どうして、そんなこと……」

「俺まで退いていたら、みんなに被害が出ていただろう？」

「……」

即答すると、なぜかアルティナは驚いていた。

「少しくらいの危険があったとしても、やるしかない。男だからこそ、時に、退けない時もある。まあ、古臭い根性論と笑われるかもしれないけどな」

「……あたしは笑わないわよ。そんな師匠のこと、心の底から尊敬するわ」

「そうか？　ありがとう」

「ふふ。師匠は無謀じゃなくて、お人好しなのね」

アルティナは、どこか嬉《うれ》しそうに笑顔を浮かべるのだった。


「「「おおおおぉ、やったぞーーー!!」」」

遅れて、皆が歓声をあげた。

冒険者も騎士も関係なく、皆が笑顔を浮かべて、抱き合い、喜んでいる。

今回のドラゴン討伐は、わりと絶望視されていたのだろう。

成功するかどうかわからない。仮に成功したとしても、生き残れるかどうか怪しい。

それなのに、いざ蓋を開けてみると、怪我人《けがにん》はいるものの、死者はゼロ。

おまけに、『撃竜砲』を使うこともなかった。

完勝だ。

喜んで当然だ。笑顔で抱き合い、歓声をあげて、ひたすらに騒いでいる。

「ふむ」

ドラゴンは落としたものの、ここは街の外だ。

あまり騒ぐと魔物が寄ってくるかもしれないが……まあ、今はいいだろう。

この喜びを皆で……

「ふんっ！」

一人、喜びの輪から外れていたシグルーンは、落ちたドラゴンのところへ向かい、その頭部に剣を突き立てた。

強靭な鱗に覆われているものの、動けない状態なら、さほど頑丈ではない繋《つな》ぎ目を狙うことは簡単だ。

ドラゴンはびくんと痙攣《けいれん》して、そのまま絶命する。

「ちょっとあんた、なにを……」

「これで、僕がドラゴンを討伐したことになる」

「なっ……⁉」

得意そうに笑うシグルーン。

眉《まゆ》を吊り上げるアルティナ。

俺は……特に感情を乱すことなく、成り行きを見守ることにした。

「あんた……どういうことよ？　どこからどう見ても、ドラゴンを討伐したのは師匠でしょ」

「おっさんがドラゴンを討伐？　はは、バカな話はやめてくれ。そんな話、誰が信じるっていうんだい？」

「でも、実際に……」

「ドラゴンは、勇者である僕が討伐した。それが事実だ。そこにいる君達も、そういう認識で問題ないね？」

「「……ぅ……」」

笑顔を浮かべていた冒険者達は、みるみるうちにおとなしくなってしまう。

まるで蛇に睨まれたカエルだ。

「僕は勇者だ。そして、とある有力貴族の息子でもある。その意味は……理解できるね？」

「「……」」

誰もなにも言わない。

反論もしない。

つまり、そういうことなのだろう。

「そう、この僕こそが勝者なのだ。それは絶対。違えることのない世界の真理なのさ」

「……あほくさ」

アルティナから殺気がこぼれていた。

落ち着いてくれ。

ドラゴンを討伐した今、冒険者同士で戦う必要はない。ただの私闘になってしまうし、ヘタをしたらアルティナが罪に問われかねない。

「ところで……キミ」

「なんだい？」

「賭けのことを覚えているかい？」

「ああ、ちゃんと覚えているよ」

ドラゴン討伐の手柄なんて、どうでもいい。

皆が……アルティナが無事であることが、なによりも大事だ。

ただ、この場合、俺は勝負に負けたことになる。

「キミも多少ではあるが、役に立った。その実力、それなりに認めてあげようじゃないか」

「それは……ありがとう」

「賭けの内容も、一部、取り消してあげよう。本来なら、愛するアルティナを取り戻したいところだけど……」

「……ブッコロス、ブッコロス、ブッコロス」

お願いだから、光の消えた瞳で物騒な言葉を連呼しないでほしい。

シグルーンの話の内容よりも、アルティナが暴走しないか、ヒヤヒヤしてしまう。

「キミの活躍に免じて、別のものを要求する、ということでどうだろう？　彼女の目は、これでもまだ覚めていないみたいだからね」

「わかった。そうしてくれるなら、こちらも助かる。それで、俺はなにをすればいい？」

「簡単なことさ。謝罪をしてもらおう」

「謝罪？」

「そうだね……こう謝罪してもらおうか。『偉大な勇者シグルーン様に逆らった愚か者を、どうかお許しください』……とね」

「……ヨシ、コロス！」

「まてまてまて」

アルティナが剣の柄に手を伸ばしたため、慌《あわ》てて止めた。

静止しつつ、彼女の前に立つ。

「師匠！　まさか、こんなバカの言うことを聞くつもり⁉」

「ははは、そうせざるをえないさ！　なにしろ、僕は勇者なのだからね。そして、貴族でもある。底辺のおっさんが逆らえる存在ではないのさ」

シグルーンは得意そうに、たっぷりの笑顔と共に、そう言い放つ。

手柄なんてどうでもいい。

そう思ったのは真実だ。

ただ……

「悪いが、断る」

「なっ……⁉」

要求を一蹴すると、シグルーンは怒りの表情に。

「キミは、勝負に負けたというのに、それに従わないというのか⁉」

「そうだな……手柄はどうでもいい。勝負も、本当は負けを認めて、キミに謝罪をしてもいい。ただ……」

アルティナを見る。

彼女は怒りを抱えていて……それと同じくらい、俺のことを心配そうに見つめていた。

「俺は、これでもアルティナの師匠だ。その師匠が安易に頭を下げてしまったら、弟子であるアルティナのことも貶《おとし》めてしまうことになる。故に、理不尽な謝罪を受け入れるわけにはいかない」

「き、貴様っ……⁉」

シグルーンは怒りで顔を赤くして。

次に青くして、再び赤くして……ころころと顔色と表情を変えていた。

たぶん、自分の思い通りにならないことが初めてなので、どうすればいいかわからないのだろう。

「キミは、勇者なのだろう？　ならば、その称号にふさわしい言動を身につけるべきではないか？

失礼だが、今のキミは、とても勇者には見えない」

「なぁっ……⁉」

「同じ剣士として、俺は、恥ずかしいとすら感じている。キミは、なにも感じないのだろうか？」

「こ、このっ……おっさんごときが……!!」

シグルーンは剣の柄に手を伸ばして……ただ、さすがにそれ以上はまずいということは自覚できたらしく、自制した。

そして、こちらを鋭く睨みつけてくる。

「くそっ！　貴様の顔、覚えたからな⁉　覚悟しておけ!!」

シグルーンは、荒々しい足取りでこの場を去っていった。

その背中が完全に見えなくなったところで、吐息《といき》をこぼす。

「やれやれ……近頃の若者は元気だな。まあ、元気がないよりかはいいのだろうか？」

「……マジコロス」

「落ち着いて、アルティナ」

「でも師匠！」

「いいんだよ、俺のことは。それよりも、ありがとう」

「え？　……えっと、なにが？」

「アルティナが俺のために怒ってくれること。そのことが、とても嬉しく思う。俺は、本当に良い弟子を持ったよ」

「し、師匠……」

アルティナが頬《ほお》を染める。

もじもじとしつつ、そっと尋ねてくる。

「それは、その……あたしと一緒にいてよかった、っていうことよね？」

「ああ、もちろんだ。アルティナは、大事な弟子だ。家族のように思っているよ」

「か、家族⁉」

「師匠らしいことはしてやれていないが……まあ、だからこそ、たまにはこういうところでかっこつけさせてくれ。かっこよくなかったかもしれないが」

「ううんっ、そんなことないわ！　師匠はかっこよかった、世界で一番かっこいいわ！　だって、あたしを守ってくれたもの！　拳《こぶし》じゃなくて、知性と理性で守ってくれたもの！」

「ああ、俺もアルティナが無事でよかった」

にっこり笑うと、アルティナが再び赤くなる。

「えっ、あぅ……や、やばい。その笑顔、反則すぎる……」

「アルティナ？」

「だ、ダメ……今、あたしの顔を見ちゃ……ダメ」

「どうしたんだ？　顔が赤いぞ？」

「な、なんでもないわよ！　だから、見ないで！」

なぜ怒る？

むう……年頃の乙女は難しいな。

7章　決闘

いくらかのトラブルは起きたものの、無事、ドラゴンを討伐することができた。

皆で協力して、その場でドラゴンを解体する。

肉、牙《きば》、鱗……その全《すべ》てが貴重な素材だ。一つも無駄にできない。

一方、シグルーンは、一足先に街へ帰ったらしい。

手柄だけ欲しかったようだ。

あのままだと、さらなるトラブルに発展していたかもしれないから、帰ってくれてよかったと思う。

その後、無事に解体も終わり、俺《おれ》達も街へ戻る。

そのままギルドへ報告に向かうのだけど……

「あっ、ガイさん！　アルティナさん！　それにみなさんも……よかった、無事だったんですね。一応、討伐に成功したと聞いてはいたんですが、安全な姿を見るまでは心配で……」

ギルドに入ると、リリーナが慌《あわ》てた様子で駆けつけてきた。

俺達を見て、にっこりと微笑む。

その後ろに……シグルーン。

それと、討伐に参加していない冒険者達。

「そこで、僕はドラゴンの牙を受け止めて、弱者である皆の盾となったのだよ。そのおかげで今、彼らは無事に帰ってくることができた、というわけさ」

シグルーンが得意そうにドラゴン討伐について語っていた。

その話を聞く冒険者達は感心した様子で頷《うなず》いて、あるいは、憧《あこが》れの眼差《まなざ》しを向けている。

さっそく冒険譚《たん》を披露しているようだ。

その内容は、現実と食い違うところが多いものの……まあ、いいか。

俺は、大して気にしていない。

アルティナにも言ったけれど、手柄なんてどうでもいい。それよりも、大事な弟子と冒険者仲間、それと騎士達が無事であることの方が重要だ。

なので、シグルーンがなにをしようとなにを話そうと、まったく気にならなかったのだけど……

それは、俺だけだったらしい。

「……おいっ、いい加減にしろよ！」

討伐に参加した冒険者の一人が声を大きくした。

俺と同じ、前衛に配置されていた冒険者だ。

「ガイのアニキは気にしてないっていうが、俺はもう限界だ！」

アニキ？

「ドラゴンを討伐したのは、てめえじゃねえ。ガイのアニキだ！」

「……はは、なにをバカなことを」

シグルーンは嘲笑を浮かべる。

俺を見て、鼻で笑う。

「彼が？　冗談もほどほどにしてくれ。冒険者になったばかりの初心者なのだろう？　しかも、おっさんだ。そのような人物がドラゴンの討伐を為《な》せるわけがないだろう」

「実際に、アニキがドラゴンを討伐しただろうが！　てめえは、アニキの手柄を横からかっさらっただけだ」

「やれやれ……キミ、言葉には気をつけた方がいいよ？　僕は、Aランク冒険者で『勇者』の称号を持つ。それだけではなくて、とある有力貴族の息子だ。さきほどの繰り返しになるが、この言葉の意味がわからないほどバカではないだろう？」

「くっ……」

『勇者』の称号を授《さず》かる冒険者であり、貴族の息子でもある。

単純な力だけではなくて、大きな権力も持っているだろう。

シグルーンと敵対すれば、この街で生きていくことは難しいかもしれない。

冒険者は怯《ひる》んでしまう。

ただ、完全に引いたわけではなくて、シグルーンを睨《にら》み続けていた。

……まずいな。

このままだと、彼が目をつけられてしまうかもしれない。

俺のために怒ってくれることは嬉《うれ》しいが、しかし、それで害を受けることは望まない。

「落ち着いてくれないか？　俺は……」

「……あ、あたしもガイさんがドラゴンを討伐するところを見たわ！」

別の冒険者が、意を決した様子で口を開いた。

それを合図にしたかのように、暴露が連鎖していく。

「俺もだ！」

「ドラゴンを討伐したのはシグルーンじゃない、ガイさんだ！」

「あの人は、ほとんど動けなくなっていたドラゴンにトドメを刺しただけよ。手柄の横取り以外、何物でもないわ！」

「そうだ、そうだ！　ガイさんがドラゴンを倒したんだ。それに、俺達のことも守ってくれた！」

「それに比べて、お前はなにをした？　なにもしていないだろう⁉　戦闘中も、勝手に前に出て勝手に自爆して、なにも役に立っていない！」

「っていうか、その勝手なスタンドプレーのせいで、皆を危機に晒《さら》していたわよね？　邪魔者でしかないわ！」

皆、不満が溜《た》まっていたのだろう。

暴露は止まらず、ブーイングが飛び交う。

シグルーンはぎりっと奥歯を噛《か》んで、刺すような目で周りを睨みつけた。

「貴様ら……よくもまあ、この僕にそのような口を利けたものだね。よほど冒険者を辞めたいと見える」

「おいおい、領主様に言って俺達をクビにしよう、ってのか？」

「やれるものならやってみやがれ！　でもな、それは、自分の力じゃなにもできない、って言ってるようなものだぞ！」

「仮に冒険者を辞めさせられたとしても、あんたなんかに従うくらいなら、後悔なんてないわ！　正しいことを伝える！」

「ぐっ……」

勇者の威光が通用しない。

父の権力に怯むこともない。

そんな冒険者達を前にして、シグルーンは苦虫を噛み潰《つぶ》したような表情に。

まっすぐな性格の冒険者達は、彼にとって、もっとも厄介な存在なのだろう。

しかし、このままだと、本当に皆がクビにされてしまうかもしれない。

それはダメだ。

俺をかばってくれるのは嬉しいが、そんなことになれば、後悔してもしきれない。

この場をうまく収める、いい方法はないだろうか？

「おいっ！」

シグルーンがこちらを睨んできた。

「自分は後ろに隠れ、彼らに守ってもらうのか⁉　情けないぞ！　男なら、正々堂々と前に出て、自分の声をぶつけてみせるがいい！」

「はぁ？　正々堂々とか、世界で一番似合わないことを言ってるんじゃないわよ」

「な、なに⁉」

「戦闘中は逃げ回って、後からこっそりと手柄を横取りするハイエナ勇者が、そんなこと言える立場じゃないでしょ！」

「ぷっ……」

「は、ハイエナ勇者……」

「ははは、そりゃいいな！」

皆が笑う。

その反応を見て、シグルーンの怒りがどんどん上昇していくのがわかる。

「ふふんっ！」

シグルーンを言い負かして、アルティナはドヤ顔を決めていた。

うちの弟子は、かなりのわんぱくです。

しかし……まずいな。

このままだと大乱闘に発展してしまいそうだ。

どうしたものか？

この場をうまく収める方法は……

「ぐっ……貴様！」

シグルーンがこちらに手袋を投げつけてきた。

「決闘だ！」

「え」

「僕の名誉とキミの名誉、それらを懸《か》けて戦おうじゃないか！　そして、勝者の言葉が正しいことを証明するのだよ。まさか、逃げるなんて言わないだろうね？　それと、考える時間なんてものも……」

「よし、わかった！」

「え？　あ……そ、そうか。決闘を受けるか」

間を置かずに答えると、シグルーンは動揺した様子を見せた。

たぶん、俺が即答するなんて思っていなかったのだろう。

でも、これが最適解だ。

俺が決闘を受ける。

これなら、皆にヘイトが向くことはない。

勝負がどうなるかわからないけれど、しかし、負けたとしても構わない。

繰り返しになるが、俺は、俺のプライドなんてどうでもいい。皆の方が……アルティナの方が大事だ。

今は、この場をうまく収めることが最優先だ。

「決闘の詳細については、後日、伝えよう。それと……」

「それと？」

「先のドラゴン討伐の勝負もついていなかったね。それも引き継ぐことにしようじゃないか。僕が勝った時は、改めて、アルティナを僕のものにさせてもらうよ」

「待て。彼女は関係ないだろう？　これは、俺とキミの……」

「うるさいなっ！　おっさんごときが僕の邪魔をするな！」

心底苛立っている様子で、シグルーンが叫び、睨みつけてきた。

刺すような視線。

もしも視線に力があるとするならば、俺は刺殺されているだろう。

「いいな⁉　これは命令だ！　勇者であり、そして、貴族の息子である僕の命令だ！　断ることも違えることも許さん。その時は、覚悟してもらうぞ」

「キミという人は……」

「すぐに決闘の準備をする。そこで、キミの無様《ぶざま》な姿を見られるかと思うと、今からとても楽しみだよ、ははは！」

笑いながら言い捨てて、シグルーンは冒険者ギルドを後にした。

後に残された冒険者は、彼の悪口を並べている。

リリーナなどの受付嬢も良い顔をせず、不満を口にしていた。

そんな中、アルティナは……

「あー……あたし、またやっちゃった」

ものすごく落ち込んだ様子だった。

「師匠……その、ごめんなさい」

「どうしたんだ、急に？」

「だって、あたしが煽《あお》ったから、師匠が決闘をすることに……」

「いや、構わない」

「え？」

「今回の決闘は、俺も望むところだ」

「それは……この場を収めるためじゃなくて？」

アルティナは、俺の考えていることをよく理解していた。

切なそうに、辛《つら》そうに言う。

「師匠はすごく優しくて……そして、とても強い心を持っている人なのね。シグルーンのことなんて、まるで気にしていない。でも、あたしは……師匠がバカにされるのは。とてもとても尊敬している師匠をバカにされるのは、どうしても……どうしても！」

「ありがとう」

ぽんと、アルティナの頭に手を置いた。

そのまま優しく撫《な》でる。

「ん」

嫌がられるかもしれないと思ったけれど、アルティナはどこか嬉しそうにしていて、されるがままだ。

なんとなく、猫を連想させる。

「アルティナの気持ちは嬉しい。いつもありがとうな」

「……師匠……」

「ただ、今回は負けるつもりはない」

「え？」

「勝つさ」

俺とシグルーンの個人の問題ならば、勝負の結果は気にしていない。

どうでもいいと考えていた。

ただ、ヤツはアルティナを巻き込んだ。ここにいる皆を巻き込んだ。

それは、決して許せることではない。

シグルーンに負けた場合、ヤツは増長するだろう。さらに多くの無茶を口にするようになって、酷《ひど》いことをするかもしれない。

それはダメだ。

俺の望むところではない。

「俺は、アルティナを守る」

「師匠……！」

そうだ。

ここで退くわけにはいかない。

なぜならば、俺の剣は『守る』ためにあるのだから。

「師匠、ようやくやる気になってくれたのね！　あの勘違い野郎をぶっとばしちゃって！」

「俺、応援していますよ！」

「俺もだ！　絶対にアニキが勝つぜ！」

「あたし、街の人に声をかけてくるわ！」

皆は笑顔で応援してくれる。

その声援が、今は、なによりも心強い。


おっさんである俺に、なにができるのか？

勝負に勝てるのか？

それはなんともいえないが、全力を尽くそう。

やれるだけのことをやる。

そして……守る！

◇

数日後。

決闘の準備が整ったと言われて、俺は、街の広場へ赴いた。

そこで、俺とシグルーンは対峙《たいじ》するのだけど……

「おい、なんの騒ぎだよ、これ？」

「あのおっさんと勇者様が決闘をするらしいぜ。なんでも、互いの名誉と誇りと人生……それら全てを懸けた、神聖な決闘らしい」

「勇者様に決闘を売るなんて、あのおっさん、バカなことをするわねー」

「いやいや。おっさん……ガイさんは、けっこう強いらしいぞ？　なんでも、あの剣聖アルティナ・ハウレーンの師匠らしい」

「え、マジで？　剣聖アルティナ・ハウレーンっていえば、国で上から数えた方が早い実力者だよね？　それに、いくつもの偉業を成し遂げて、国王から聖剣を授かった……っていう」

「おーし！　なかなか面白《おもしろ》そうな決闘だな。さあさあ、どちらが勝つか。どちらが負けるか。今のオッズは、8：2で勇者様に有利だが……どうだい？　一発逆転、大穴を狙《ねら》う参加者はいるかい？」

「あたしは、もちろん勇者様よ」

「俺はおっさんに賭けるぜ！」

……俺とシグルーンだけではなくて、街中の人が集まっていた。

いつの間にか観客席が作られて。

さらに、様々な露店が顔を出している。

どうして、このような大騒ぎになっているのだろう……？

俺はただ、騒ぎを収めるために決闘を受けたのだが……むう。まるで、正反対の結果になってしまっていた。

より事態が大きく、悪化しているような気がしてならない。

「よく来たな、愚かな冒険者よ。まずは、逃げずに来たことを褒めてやろう」

シグルーンは、やや芝居がかった仕草と共に、そう言い放つ。

すると、一部の街の人々から歓声が上がる。

さすが勇者。人気は高いらしい。

「アニキー！　負けないでください！」

「そんなヤツ、のしちゃってくれよ！」

「ガイさんなら、絶対に勝てます！　私、応援していますからね！」

冒険者仲間と、そして、リリーナの声援が飛んできた。

シグルーンを応援する人が全てじゃない。俺のことを見てくれている人もいる。

そのことが嬉しくて、勇気と力が湧《わ》いてきた。

「念の為に確認しておくが、ここに来たということは、僕との決闘を受けるということで問題ないね？　後で、やっぱりそんなつもりじゃなかったんだ、と言い訳されても興ざめしてしまうからね」

「ああ、それで問題ない。キミとの決闘を受けよう」

「ふっ……くくく！　いいだろう、いいだろう！　それでこそ、だ。ようやく、憎らしいキミをこの手で裁くことができる。さあ、正義の剣を見せてやろうではないか！」

シグルーンは不敵な笑みを浮かべつつ、木剣を手に取り、刃をこちらに向けた。

アルティナの応援を受けつつ、俺も木剣を受け取る。

そして、シグルーンの剣と刃を合わせる。

剣を抜いて、刃を合わせることで、決闘が正式に成立する。

「師匠、がんばって！」

「ありがとう」

「これで、決闘は正式に成立した。もう逃げることはできないぞ」

「ああ、理解している」

「ふんっ、生意気な……だが、いいさ。すぐに、その化けの皮を剝《は》がしてやろうじゃないか。みっともなく命乞いして、泣きわめくところを、ここにいる皆に見せつけてやろう」

「悪いが、負けるつもりはない」

俺はおっさんで、初心者冒険者。

普通に考えて、そんな男が勇者であるシグルーンに勝てるとは思えない。

思えないのだけど……

しかし、無理を通してみせる。無茶を通してみせる。

「愚かな冒険者よ。決闘を始める前に、名前を聞いておこうか」

「前にも言ったと思うが……ガイだ」

「ふむ。姓は？」

「あー……まあ、そんなことはどうでもいいだろう」

同じグルヴェイグを名乗ると、またややこしいことになるかもしれず、黙っておいた。

それにしても……彼もグルヴェイグ姓だけど、なにか関係があるのだろうか？　もしかしたら血縁者なのだろうか？

もしかしたら、異母兄《いぼけい》ハイネの関係者なのだろうか？

「……っ……」

一瞬、動揺してしまう。

昔の辛いことを思い出してしまう。

落ち着け。

あれはもう昔のこと。今は、まったく関係ないことだ。

気にする必要はない。

そう言い聞かせて、心を鎮めた。

それはそうと……彼のことは気になるな。

後で調べた方がいいかもしれない。

「確かに。キミのような卑怯《ひきょう》者の名前を全て覚える必要はないな。ただ、決闘相手として、ガイという名前だけは覚えておいてあげようではないか。そうだな……愚かな卑怯者のド素人初心者冒険者ガイ、栄光ある勇者シグルーンに敗北して、その愚かな生を終える。キミの墓には、そう刻んでおいてあげようではないか」

　命のやりとりはなしのはずなのに、殺す前提で話すのはどういうことか。

「では、そろそろ始めようか。アルティナ、審判を頼むよ」

「ええ、いいわ」

「愛する僕のことがとても気になるだろうが、公正に頼むよ。このようなおっさんに不正で勝ったと思われては、決闘をした意味がないからね」

「あんたに贔屓《ひいき》することは絶対にないわ」

　アルティナは呆《あき》れの溜《た》め息をこぼしつつ、俺とシグルーンを交互に見る。

「いい？　ルールは簡単。相手を戦闘不能にするか、降参させること。それ以外は続行。武器を失ったとしても、実戦を想定する、っていうことで続行。ただし、殺しはなしよ。双方、理解した？」

「ああ、問題ない」

「僕も問題ないよ」

「じゃあ、構えて」

　アルティナの合図で、俺とシグルーンは剣を構えた。

「これは……」

　シグルーンが剣を構えると、すさまじいプレッシャーが襲ってきた。

　これだけの気迫を持つ者はそうそういない。しっかり集中していないと、意識を持っていかれてしまいそうだ。

なるほど。

伊達《だて》に勇者の称号を授かっていない、というわけか。

ドラゴン戦の失態は、たまたまなのだろう。

彼が本気を出せば、本当に、ドラゴンを単独で討伐していたかもしれない。

そう思えるほどの迫力だ。

しかし。

俺もまた、退くことはできない。負けられない。

剣の道を歩む者として、逃げることはせず、全力で挑むことにしよう。


「はじめ！」


合図と同時に前に出た。

地面を踏み抜くような勢いで蹴《け》り、加速する。

その勢いに乗せて木剣を振るう。

シグルーンもまた、同じように加速した。姿勢は低く、頭から突っ込んでくるような体勢だ。

そうして這うような姿勢から、木剣を跳ね上げてきた。

全身の筋肉をバネのように使う一撃は、速く鋭く、そして重い。

木剣が交差して、競り合う形となる。

「ほう。僕の剣を受け止めるとは、なかなかやるじゃないか」

「……」

「初撃で仕留めるつもりだったのだけどね。それを阻止したことは、特別に褒めてあげよう」

「……」

「しかし、これはただの様子見だ。これから僕は、少しずつギアを上げて……おい？」

「……え？」

「人の話を聞いているのか？」

「あ、いや……すまない」

まったく別のことを考えていて、シグルーンの話をぜんぜん聞いていなかった。

シグルーンは、まだ本気ではないという。様子見だ。

なるほど、納得だ。

そうでなければ、あまりにも……遅い。

最初に感じたプレッシャーはなんだったのだろう？　と不思議に思うほど、遅い。

彼は、慢心しているのだろう。

俺がおっさんだから。

その油断に付《つ》け入れることができれば勝てるかもしれないが……

「本気で来てほしい」

「……なに？」

「色々とあって決闘をすることになったものの……それ以前に、俺は、一人の剣士だ。剣を通じて、キミと誠実に向き合いたい」

故に、本気を出してほしい。

手加減も慢心も不要。

油断に溺れているシグルーンではなくて、全力のシグルーンを倒してこそ、剣士としての正しい在り方だと思う。

「貴様は……」

「俺は、今くらいの剣でやられるほど、やわな鍛え方はしていないつもりだ」

「……いいだろう！　この僕をここまでコケにするとは……簡単に敗北して、決闘を終えられると思うなよ!?　貴様は、徹底的に痛めつけてやる!!」

シグルーンの闘気が、ぶわっと一気に膨《ふく》れ上がる。

そのまま獣のように吠えつつ、木剣を振るう。

全身の力を乗せた斬撃《ざんげき》を斜めに放ち。そこから流れるような、無駄のない動きで突きへ繋《つな》げて。

さらに軸足を回転させて、薙《な》ぎ払い。一転して、鈍器のように打ちつつ、フェイントを織り交ぜて、木剣を閃《ひらめ》かせる。

斬。

突。

薙。

打。

閃。

ありとあらゆる角度から。ありとあらゆる剣撃を打ちつけてくる。

シグルーンの剣はとても速く、ともすれば視認できないほどだ。

それだけではなくて、一撃一撃がとても重い。木剣を合わせると、激しい衝撃が響いてくる。

その剣技は勇者の名にふさわしいと思う。

「ほう、多少はやるようだな」

シグルーンの攻撃を全て受けきると、彼は不敵に笑う。

ただ、少し息が乱れているようだ。

「しかし、まだまだこんなものではない。僕の真の力を、勇者の力を見せてやろうじゃないか！」

「ああ、来い」

これがシグルーンの本気ではないだろう。

これが勇者の力ではないだろう。

まだ上があるはずだ。

油断することなく、シグルーンと対峙する。

「はぁあああ！」

シグルーンの速度がさらに上がる。

力強い叫びと共に放たれる剣は、獣のように荒々しい。

しかし、同時に鋭さも増しているため、厄介だ。

やや精度は甘くなったものの、その分、速度と重さが増している。

「……」

意識を集中。

防御を第一に考えて、しっかりとシグルーンの剣を防いでいく。

シグルーンは木剣を縦に振り下ろしてきた。

俺は、打ち上げるように下から上に放ち、威力を相殺《そうさい》する。

横に薙いできた時は、木剣を盾のように構えて、力で受け止める。

落ちてから跳ね上がる、不規則な軌道を描く剣に対しては、トンと側面からシグルーンの木剣を叩《たた》いてやり、その軌道を逸《そ》らすことで避けた。

回避も反撃もしない。

防御に徹する。

そうすることで、動きや癖《くせ》などを含めた、シグルーンの全てを見極めていく。

「ははは、どうだ⁉　この僕の力をその身で受け止めた感想は、どうだ⁉　手も足も出ないじゃないか」

「……そうは言うけど、あんたの剣、一度も師匠に届いてないわよ？」

ボソリと、アルティナがつぶやいた。

そのつぶやきはしっかりと耳に届いていたらしく、シグルーンが赤くなる。

「なっ……⁉　アルティナ、キミは……！」

「いや、まあ……審判のあたしがこんなことを言うのもアレだけど。あんたが押しているっていうのは、どう見ても勘違いでしょ？　あれだけやって、全て防がれるか避けられるかして……普通、そこで実力差に気づかない？」

「ぐっ、ぬぅ……⁉」

シグルーンの顔が青くなり、再び赤くなる。

「この僕が、このようなおっさんに劣っているというのか⁉」

「現時点では、そうとしか見えない、っていう話よ。はいはい。審判の戯言は放っておいて、決闘に集中しなさい」

「ふっ……く、くくく。いいだろう。ならば、おっさんを打ち倒して、僕の方が上であることを証明すればいいだけだ。今すぐに……なぁ！」

シグルーンは、今まで以上の闘気を放つ。

その勢いで、こちらに斬りかかってきた。

「おぉおおおお‼」

シグルーンの剣速がどんどん増していく。

風を斬る音が響いて、衝撃波が撒《ま》き散らされるようになる。残像ができるほどだ。

それでも、俺の目は、しっかりと彼の剣を捉《とら》えていた。

一度も受けることなく。

剣で捌《さば》いて、あるいは避ける。

「ふむ」

速度は増したが、代わりに、精度が甘くなった。

今まで以上に『雑』な剣となる。

単純な軌道が多くなり、また、狙いも読みやすい。

こうなると回避、あるいは防御は簡単だ。

シグルーンの動きを読んで、適切な場所に剣を配置するだけでいい。

「おっさんごときが、僕の邪魔を……するなぁ!!」

怒りの剛剣。

しかし、俺に届くことはない。

力任せの剣は勢いこそあるものの、それだけだ。この決闘を支配するだけの力はない。

木剣で受け止めることはしない。そのようなことをしたら手が疲れてしまうし、下手をしたら、木剣が折れてしまう。

なので、全て避けた。

シグルーンの間合いをしっかりと見て、計算して、把握して。あと一歩のところで届かないように、ギリギリのところで避ける。

それでも、シグルーンは乱雑な剣を続けていた。

「なぁ、勇者様の攻撃はすごいと思うけどさ……」

「ああ……審判が言っていたように、相手に一度も届いていないよな？」

「対戦相手がすごいのか？　いや、でも、おっさんだよな……」

「っていうことは……もしかして、勇者様って大したことないのか？」

「というか、あの人の方が勇者様よりすごいんじゃないか？」

「……っ……」

観客のつぶやきも聞こえていたらしく、シグルーンはこめかみの辺りをひきつらせた。そして、刺すような勢いで観客席を睨みつける。

観客達は、慌てて明後日の方向に視線を逃がした。

「くそっ……くそくそくそ！　どいつもこいつも、この僕を、勇者であるこの僕を……！　許さない、絶対に許さないぞ」

「いや、待て。なぜ、俺が睨まれる……？」

一番の原因はお前だ、とばかりにシグルーンがこちらを睨んできた。

しかし、俺は普通に決闘を受けていただけ。

他はなにもしていないはずだ。

「まずは、貴様からわからせてやる……！　跪《ひざまず》かせて、命乞いをさせて、その上で全て踏みにじってやろうじゃないか！　おっさんごときが、勇者に逆らう愚かしさを、その身に刻み込んでくれる！」

「……それができるなら、さっさとやればいいじゃない」

「ぷっ」

またしてもアルティナがボソリとつぶやいて、それを聞いていたリリーナが小さく笑うのが聞こえた。

当然、シグルーンにも聞こえているわけで……

「……っ……」

怒りに全身を震わせていた。

「なんというか……うちの弟子がすまない」

「貴様まで、この僕を愚弄するか⁉」

「え？　いや、そのようなつもりは……」

「もういい……貴様は、この僕を本気で怒らせた！」

ぶつん、となにかが切れる音がした……ような気がした。

シグルーンの放つオーラが変わる。

さきほどまでは怒りに支配されていたが、今は違う。

静かで、そして冷たい。まるで幽鬼のようだ。

これ以上ないほど鋭く、激しく、怒りに睨みつけてくる。

「貴様は、これで……死ねっ‼」

シグルーンは一度退いて、剣を深く構えた。

その態勢は、弓矢を射る姿のよう。

「っ⁉　まずい、師匠！」

「どうしたんだ、アルティナ？　まだ決闘は続いているから、片方に助言をするということは……」

「それどころじゃないわよ！　あいつ、ブチ切れて見境がなくなっているわ！」

「なに？」

「ラストフェンサー……最上位の剣技よ、あれは。超々高速の斬撃から繰り出される威力は、岩をも砕くと言われているわ！」

「岩なんて砕いて当たり前だろう？」

「ああもうっ、師匠に常識がないから、この危機がうまく伝わらない！」

なぜかアルティナは、とてももどかしそうにしていた。

「いくら師匠でも、ラストフェンサーを受け止めることはできないわ！　かといって、避けたら観客に被害が……！」

「それは本当か？」

シグルーンは、そこまで見境がなくなっているのか？

観客に被害が出るなんて、それは許容できない。

というか、剣士にあるまじき行為だ。

「待ってて、今、あたしが……！」

「いや、ダメだ」

「師匠⁉」

「もう発動する」

溜め込《こ》まれていた闘気が一気に爆発《ばくはつ》する。

「ラスト……フェンサーぁあああああっ‼」

アルティナ曰く、最上位に位置する剣技が放たれた。

シグルーンは、目に見えるほど濃密な闘気を全身にまとい、超高速で突撃してきた。

その余波で地面が抉《えぐ》れ、衝撃波が撒き散らされる。決闘の会場は竜巻に襲われたかのように荒れて、観客の悲鳴が響く。

アルティナが言うように、本当に彼は、周りのことをなにも気にしていないみたいだ。

「師匠、逃げてっ‼」

「問題ない」

俺は、しっかりと両足を地面につけた。

腰を落として、深く剣を構える。

集中。

集中。

集中。

余計な情報はいらない。ただ、シグルーンの動きだけが見えていれば、それでいい。

世界から音が消えた。色も消えて、白黒に変わる。

不必要な情報が削除されて、代わりに、極限の集中力が手に入る。

風よりも音よりも速いシグルーンの突撃だけど、しかし今、俺には、スローモーションのように
ゆっくりと見えた。

彼の突撃を真正面から受ける。

同時に、打点をズラす。

さらに軌道も逸らして、本来の威力が発揮できないようにした。

その上で、

「はっ！」

すれ違いざまに一閃《いっせん》。

カウンターが綺麗《きれい》に決まり、木剣がシグルーンの腹部を痛烈に打つ。

「がっ……⁉」

シグルーンはバランスを崩して、そのまま地面を転がる。

彼の木剣は空高く舞い上がり、ややあって、カランカランと乾いた音を立てて落ちた。

後に残るのは沈黙だ。

誰《だれ》も彼も……アルティナもリリーナも、呆然《ぼうぜん》としていた。

「うそ……ラストフェンサーの一撃を防ぐのでも避けるのでもなくて、完全に無効化した上に、カウンターを決めた……？　最上位の剣技なのに、まるで、子供をあしらうかのように……」

アルティナは呆然としたまま、信じられないという様子でつぶやいた。

ふむ？

俺は、そこまでおかしなことをしただろうか？

シグルーンの剣技は脅威ではあるものの、絶望するほどではない。

きちんと見れば対処は可能だ。

「アルティナ」

「……」

「アルティナ？」

「……はっ⁉　な、なに、師匠……？」

「あまり脅かさないでくれ」

「脅かす、っていうのは……？」

「最上位の剣技とか、そういう。ものすごく警戒したが、大したことないじゃないか」

「えぇ……普通、ラストフェンサーをどうにかするなんて、不可能なんだけど。文字通り、一撃必殺の剣技なのよ？　根性で受け止めて我慢して耐える人はいるかもしれないけど……完全に無効化して、おまけに完璧《かんぺき》なカウンターを叩き込むなんて、見たことも聞いたこともないわ。師匠って、本当に人間？　実は、魔族だったりしない？」

「さりげなく酷いこと言わないでくれ……」

師匠という割に扱いが酷い。

「アルティナは大げさだな」

「この驚きが伝わらないのが、すごくもどかしいわ。少なくとも、あたしは、ラストフェンサーをここまで完璧に潰した人を見たことがない。師匠が初めてよ」

「世界は広いからな。俺が言うのもなんだが、アルティナもまだまだなんだろう」

「そうだけど！　そうだけど！　あたしが言いたいこと、やっぱり、ぜんぜん伝わっていない！」

アルティナは、なぜかもどかしそうにしていた。

どうしたのだろう？

「ば、バカな……この僕が、この僕が……」

シグルーンは呆然として、ぶつぶつとつぶやいていた。

「なんだ、あいつ、生きていたのね」

「普通の決闘だから、もちろん、手加減したさ」

「手加減する余裕まであったのね……やっぱり、師匠は化け物だわ」

そんなことはない。

俺は、どこにでもいるような普通のおっさんだ。

「インパクトの瞬間、打点をズラしていたんだ。それと、力も抜いていた。だから、それほど大きなダメージはないだろう」

「勇者っていうことに誇りを持っているヤツが、そんな曲芸みたいなことされたら、一気に自信喪失するわよ」

「しかし、これくらいは一般的だろう？　おじいちゃんは、何度も見せていたぞ」

「一度、師匠の頭を解剖して、一般の定義を見てみたいわ。あと、師匠のおじいちゃんもけっこうおかしい人みたいね」

最近、アルティナが辛辣《しんらつ》なような気がする。

寂《さび》しいというか辛いというか、これが反抗期の娘を持つ父親の心境なのだろうか？

切ないな。

「まっ、師匠のおかしさは今更だから置いておいて……勝負ありのようね。勝者、ガイ！」

「「「おおおおおぉぉっ!!」」」

アルティナの宣言と同時に、観客達が沸いた。

大半の人はシグルーンの勝利を予想していただろう。

しかし、それを裏切り、俺の大逆転。

劇的な展開に盛り上がっているようだ。

「ぐっ……！」

ふらふらとよろめきつつ、シグルーンが立ち上がる。

怒りに顔を赤くして、こちらを睨みつけてきた。

「貴様……よくも、この僕に、ここまでの恥をかかせてくれたな！」

「……すまないが、自業自得ではないか？」

「ぐっ……⁉」

シグルーンが身勝手なことを繰り返して。

大勢の人を自分の都合に巻き込んで。

その果ての決闘であり、そして、負けた。

自業自得以外の何者でもない。

「キミは勇者なのだろう？　ならば、その称号にふさわしい行いを考えてほしい。きちんと考えれば、真に己《おのれ》が取るべき行動がわかるはずだ」

「つまらない説教をするつもりか⁉」

「いや。人生の先達としてのアドバイスだ」

「ぐぅうう……‼」

納得できないらしく、シグルーンは怒りに震えていた。

ただ、決闘に負けたことは確かなので、なにも言い返すことができない様子だった。

ややあって、鋭く言い放つ。

「こ、今回のこと、必ず後悔させてやる！　おぼ……」

「覚えていろよー、って？」

「っ⁉」

アルティナがニヤリと笑い、シグルーンの台詞《せりふ》を先取りした。

こういう時、アルティナは容赦ないよ……恐ろしい子だ。

「ちくしょうっ、くそっ!!」

シグルーンは悪態をこぼしつつ、広場を立ち去る。

俺とアルティナは、その背中を見て苦笑することしかできない。

今後、厄介なことになるかもしれないが……今は、守るべきものを守ることができた。それでよしとしよう。

「おいおいおい、あんた、すげえな！　まさか、あの勇者様に勝つなんてな」

「さぞかし名のある冒険者……じゃないんだよな？　いやー、信じられないぜ」

「ねえねえ、今夜、ウチの店に来ない？　サービスするわよ？」

わっと観客達が沸いて、一気に駆け寄ってきた。

誰もが好意的で、笑顔を向けてくれている。

「えっと……」

グルヴェイグ家では、いないものとして扱われて、誰からも冷たくされて。

その後、ずっと、山奥でひっそりと暮らして、人とまともに接する機会がなかった。

ただ……

その気になれば、街に下りることができた。

おじいちゃんが亡くなった時、家を離れることもできた。

それをしないということは、本当は……俺は、人を避けていたのだ。

人は怖い。

幼い頃のようにいじめられるかもしれない。冷たい目で見られるかもしれない。無視されて、いないものとして扱われるかもしれない。

そう思うと怖くて、どうすることもできず……だから、山奥の家に留まり、逃げていた。

冒険者になろうと街に下りることができたのは、時間が経《た》ち、剣を学び、それなりに心が鍛えられたからだろう。

俺は、なんて情けない男だろう。

「でも……思い込みだったんだな」

外の世界はこんなにも明るい。

人は怖いかもしれないけど、それだけじゃなくて、優しくもある。

もっと早く外に出て、世界に触れておけばよかったのかもしれない。

「そうか」

最後に、おじいちゃんが残した言葉……あれは、このことを指していたのかもしれないな。

最後の最後まで俺のことを気にかけてくれて、心配してくれて、本当にありがとう。

俺は、あなたと一緒に暮らすことができて、剣を教わることができて。

そして、あなたの孫でいられてよかった。

……ありがとう。

8章　日頃の鍛錬は大事

「この度は街を救っていただき、誠にありがとうございました」

改めて、ドラゴン討伐の細かい報告をギルドで行い、それに関連する後始末も行い。

その後、事の流れをセリスに報告するため、ファルスリーナ家に顔を出した。

とても手厚い歓待を受けた。

それだけではなくて、セリスに深く頭を下げられてしまう。

「あ、いや。よしてほしい。キミのような人が、一介の冒険者に……しかも、おっさんに頭を下げるなんて」

「ガイ様は、それだけのことを成し遂げたのですよ？　頭を下げる程度では到底足りません。わたくしの体も差し出したいくらいですわ」

「なっ⁉」

「ちょっ⁉　なに言っているのよっ！」

なぜかアルティナが怒る。

「あんた、なに考えてんのよ⁉　ふざけたこと抜かしてるんじゃないわよ！」

「あら。とても普通なことだと思いますが」

「普通なわけないでしょ！　貴族令嬢が、しかも領主が、お礼に体を差し出すとか聞いたことないから！」

「ですが、ガイ様がいなければ、今頃《いまごろ》、街はドラゴンの炎に焼かれていたでしょう。ガイ様は、エストランテの救世主。英雄的行動に報いるためには、お金だけではなくて、この身も差し出さなければ釣り合いがとれないでしょう」

「いらないわよっ、んなもの！」

「なぜ、あなたが答えるのですか？」

「あたしが師匠の弟子だからよ！　っていうか、礼うんぬんは口実で、師匠と仲良くなりたいだけでしょ⁉」

「そ、そのようなことはありませんわ。ガイ様はとても素敵な殿方で、一緒になりたいなー、なんて思っていません。あわよくばー、なんてこれっぽっちも考えていません」

「めっちゃ考えてるでしょ！」

「気のせいです。そういうことをあなたが考えているから、そう見えるだけでは？」

「むうううっ」

「がるるるっ」

睨《にら》み合《あ》う二人。バチバチと火花が散る。

うーん。

二人は相性が悪いのだろうか？

前は仲が良さそうに見えたのだけど……年頃の子は複雑だ。

「とにかく……俺《おれ》は、そんなものはいらないよ」

「そんなもの、なんて……ひどいですわ。これでも、それなりに自信があったのですが」

「あ、いや⁉ そういう意味ではなくて、えっと……すまない」

「ふふ。冗談ですわ。そのように慌《あわ》てないでくださいな」

「むぅ」

セリスは深窓の令嬢と思っていたのだけど、意外と小悪魔なのかもしれない。

ぱたぱたと黒い羽根が動いているような気がした。

「ですが……わたくしも、少々、先走りすぎていたかもしれません。ガイ様の言う通り、今の話はなかったことに」

「そうしてもらえると助かるよ」

「やはり、着実に距離を詰めて、しっかりと確実に既成事実を作ることが大事ですわね」

「えっと……？」

「ふふ、冗談ですわ」

本気に見えたのは気のせいか？

「ですが、お金と、その他の報酬はぜひ受け取ってください。そうでないと、我が家の顔が立ちませんわ」

「お金は、まあ、受け取るが……その他の報酬というのは？」

「ガイ様が望むものを。ファルスリーナ家にできる範囲となってしまいますが、できる限りのことを叶《かな》えてみせましょう」

それはすごい報酬だ。

領主に叶えられない願いなんて、そうそうないだろう。無茶を言わない限り、大抵の願いは叶うはずだ。

「そう言われてもな……むぅ、すぐに思い浮かばないな」

「なんでもよいのですよ？」

「わりと現状に満足しているからな。これが欲しい、というものがない」

「欲のない方。ですが、そこがガイ様の魅力なのかもしれませんわね」

セリスが小さく笑う。

それはとても綺麗《きれい》な笑みで、天使のようだった。

「あいたっ」

アルティナに足を踏まれてしまう。

わりと鋭い一撃だ。

「ふんだ。師匠のばか」

「な、なぜ怒っているんだ……？」

「なんでもないわよー、だ！」

あっかんべー、をされてしまう。

この子はこの子で、意外と子供っぽいんだよな。

「ねえ、師匠」

気持ちを切り替えた様子で、アルティナが普通の顔に戻り、提案をする。

「剣をもらう、っていうのはどうかしら？」

「剣？」

「ほら。師匠って、まともな剣を持っていないじゃない？　とても頑丈だけど、それ以外に取り柄がないようなものを使っているし……って、よくよく考えれば、そんな剣でドラゴンを撃退したのよね？　師匠って化け物？　やっぱり魔王？」

最近、アルティナの口撃にも慣れてきたな。

アルティナがセリスを見る。

「そんなわけだから……この家に、なにか良い剣はないかしら？　それを報酬にする、っていうことで」

「えっと……ガイ様は、それで問題ありませんか？」

「そうだな……ああ、それでお願いしたい」

アルティナが言うように、新しい剣が欲しいと思っていたところだ。

毎日の鍛錬に使っている剣は、とても頑丈で、長い間使っているから愛着もある。

ただ、アルティナが言うように頑丈なだけで、切れ味はわりと絶望的だ。

斬るのではなくて、叩き潰《つぶ》す、という感じが近い。

「そんな状態の剣で、どうして師匠が今まで普通に戦うことができたのか、わりと真面目《まじめ》に謎《なぞ》なんだけど」

「ものを斬る時は、摩擦か圧力、どちらかになるだろう？　俺の場合は圧力になるが、本来なら分散してしまう力を一点に集中させることで、それなりの威力を確保しているんだと思う」

「師匠のことだから、そのうち、キッチン包丁でもドラゴンを討伐しそうね……」

「ふむ。キッチン包丁でも、今の剣よりは切れ味はいいだろうから、もしかしたら……」

「冗談なのに本気で検討された⁉」

「はは、俺も冗談を返しただけだ。さすがに、包丁でドラゴンと渡り合えないさ」

「師匠の冗談は冗談に聞こえないわ……」

おっさんジョークはお気に召さないようだ。

「まあ……話を戻すけど、そんな感じで良い剣はある？」

「そうですわね……しばし、お待ちくださいませ」

考えるような仕草を取った後、セリスは部屋を出た。

10分ほどして、執事を伴いセリスが戻ってきた。

執事の手には一振りの剣が。

「こちらをどうぞ」

「見ても？」

「もちろんですわ」

執事から剣を受け取り、その場で抜いてみせた。

「これは……」

とても綺麗な剣だ。

刃は氷のように透き通っている。

一見すると耐久性に疑問を抱いてしまうものの、軽く触れた感じ、そこらの剣の何倍も頑丈にできているようだ。

そして、軽い。

鳥の羽を持っているかのようで……しかし、無意味に軽くしているのではなくて、芯《しん》に重さを残している。

そのおかげで剣を安定して振ることができた。

「すごい業物《わざもの》だな」

「喜んでいただけたのなら、なによりですわ」

「うわっ。師匠、それ見せて！」

「知っているのか？」

「これは……うん、間違いないわ。アイスコフィンって呼ばれている、歴史に名前を刻んだことのある名剣よ」

「……アイスコフィン……」

「雪の精霊の力を宿していて、しかも、切れ味は抜群。耐久力もとんでもなくて、歴史に名前を刻むくらい長く存在しているのに、刃こぼれ一つなし。文句なしの名剣よ。たぶん……これを競売にかけたら、金貨数千枚になるんじゃないかしら？」

「すぅっ……⁉」

慌ててセリスを見た。

「このようなものをいただくわけには……」

「構いませんわ。当家が所有していたのは、ただの偶然。価値を知っているため大事にしていましたが、絶対になくては困る、というものでもありませんから。価値を知っていて、そして、十全に扱える方こそが本当の所有者にふさわしいかと」

「しかし……」

「どうか、お受け取りください。それは、ガイ様にふさわしいものですわ。せめてもの気持ちを、どうか」

「……わかった。ありがたくいただこう」

セリスの真摯《しんし》な想《おも》いが伝わってきて、断るのは失礼と感じた。

アイスコフィンを鞘に戻して、腰に下げた。

それから、セリスに頭を下げる。

「ふふ、喜んでいただけたみたいでなによりです。わたくしのこともいただいてもらえたら、なお良かったのですが」

「ちょっと……！　そういうことなら、まず、弟子のあたしを美味《おい》しくいただくべきでしょう⁉」

二人は冗談がうまいな。

ははは、と笑うと、なぜか白けた目を向けられてしまう。

なぜだ……？

◇

「では、ドラゴン討伐と、みなさんの無事と……そして、ガイさんに」

「「「かんぱーーーいっ‼」」」

後日。

ドラゴン討伐を祝い、騎士と冒険者達の間で宴が開かれることに。

もちろん、俺とアルティナも参加していた。

というか、強制的に参加させられたというべきか。

夕方。たくさんの冒険者がやってきて、強制的に連れてこられたんだよな。

まあ、宴は嫌いじゃない。

酒も好きだ。

みんなで一緒に楽しむことにしよう。

「ようっ、ガイ。ちゃんと飲んでいるか？」

ドラゴン討伐で一緒になった冒険者が話しかけてきた。

「ああ、飲んでいるよ」

「そうかそうか、たくさん飲めよ。この宴の費用はギルド持ちだからな。飲み放題だ、はっはっは！」

「そいつは素敵な話だ」

「あっ、ガイさんだ！」

「ねえねえ、ドラゴン討伐の話を聞かせてちょうだい？」

今度は若い子がやってきた。

この子達は、後方支援を担当した冒険者だろう。

「しかし、まぐれで討伐した話なんて、聞いても楽しくないだろう？」

「「ドラゴンはまぐれで倒せるような相手じゃない」」

「あ、あぁ……」

ぴたりと息を揃《そろ》えて、その場にいる全員に否定されて、妙な圧に呑《の》まれてしまう。

皆、仲が良いな……？

「えっと、あの時は……」

ややぎこちないものの、記憶を掘り返しつつ話をした。

すると、皆はキラキラと瞳《ひとみ》を輝かせる。

「はー……すごいな、あんた。俺だったら、そんな真似、絶対にできねえよ」

「素敵です！　体を張って、勇者と弟子を守るなんて……！」

「私、ガイさんみたいな立派な冒険者を目指します！」

「いや、えっと……そう言ってくれるのは嬉《うれ》しいが、俺は初心者で、当たり前だがランクも下なのだけど」

「そのことですが」

リリーナがやってきた。

彼女も飲んでいるらしく、ちょっと頬《ほお》が赤い。

笑顔でぱちぱちと拍手をする。

「今回の件を受けて、ガイさんのランクアップが決定しました！」

「「「おーーーっ!!」」」

「Fランクへの昇格、おめでとうございます！」

「「「おめでとうっ!!」」」

「いや、その……ありがとう。皆にそう言ってもらえて、嬉しい」

こんな風に、たくさんの人から祝福されるのは初めてかもしれない。

涙腺《るいせん》が緩んでしまいそうだ。

いかんな。歳《とし》をとったせいか、ちょっとしたことで感情が大きく動かされてしまう。

「ガイさん、これからも当ギルドをよろしくお願いしますね♪」

「ああ。こちらこそ、よろしく頼む」

リリーナとエールの入ったグラスをこつんとぶつけて、笑顔を交わした。

「ししょーーー!!」

「アルティナ？　って、すごい酒臭いな」

普段の凛々しい姿はどこへやら、今は立っているのもやっとの様子でふらふらだ。

「やったねー、ししょー！　昇格できて、あたしも嬉しいわ！　えへへ〜♪」

「おい、こら。抱きつくんじゃない」

「いいじゃん、いいじゃん。弟子からの喜びの抱擁だよ？　ぎゅーーー♪」

絡《から》み酒なのか？

それだけではなくて、思い切り性格が変わっているような気がした。

甘えん坊酒？

「ほんと、よかったぁ……ドラゴンは討伐できて、あのバカ勇者も撃退できて、良いことばかり！」

「まあ、否定はしないが」

「だーかーらー、もう一回、ぎゅ〜♪」

ダメだ。

アルティナは、かなり酔っ払っているな。

酔いが覚めた時、記憶が残っていたら、悶絶するのではないか？

その前に、二日酔いになりそうな勢いだが。

「……あたし、嬉しいんだ」

「アルティナ？」

「師匠、どこか影があるっていうか、心の底から笑えていない気がしたから……」

「それは……」

「でも、今は本当に楽しそうで……だから、よかった♪」

「……ありがとう、アルティナ」

俺が今、笑えているのは、それはアルティナのおかげだ。

アルティナが俺をここまで連れてきてくれた。

暗いところから引き上げてくれて、自信をつけさせてくれた。

俺の方こそありがとうと、感謝の意味を込めて彼女の頭を撫《な》でた。

「にゃー♪　ししょー、なでなでしてぇ？」

「今度は幼児化しているな、まったく……ほどほどにしておかないと、明日、地獄を見るぞ？」

「平気だもーん、あたし、酒に強いしー」


……なんて言っていたアルティナだけど。


「すぅ……すぅ……」

ほどなくして落ちてしまった。

俺に寄りかかり、穏やかな寝息を立てている。

アルティナをおんぶして、未《いま》だ宴会を続ける皆を見る。

「俺は、この辺にしておくよ」

「なんだ、もう帰るのか？」

「もっと飲みましょうよー」

「誘ってくれるのは嬉しいが、アルティナがこの調子だからな。ひとまず、寝かせてくるよ」

皆と別れて、宿に移動した。

彼女が使う部屋に入り、ベッドに下ろして……

「むにゅ……」

「うお⁉」

ぐいっと引っ張られた。

突然のことで抵抗できず、アルティナと一緒にベッドに倒れ込んでしまう。

アルティナの顔が目の前に。

とても綺麗で愛らしく、まるで宝石を見ているかのようだ。

「あ、アルティナ……？」

「えへへー、ししょー……」

「……なんだ、寝ぼけているだけか」

おっさんをドキドキさせないでほしい。

というか、俺が俺を律するべきか。大人として、しっかりしないとだな。

「じゃあ、おやすみ」

ベッドから離れようとして……しかし、アルティナにガッチリと掴《つか》まれているため、離れることができない。

くっ、なんて力だ⁉

万力《まんりき》のように体が固定されているぞ。

「まいったな……これ、どうすればいい？」

◇

……結局、アルティナに掴まれたまま離れることができず、翌朝を迎えた。

こうなると、

「きゃー、師匠の痴漢ー⁉」

と叫ばれるパターンなのだけど……

「あ……師匠、おはよう……」

「あ、ああ……おはよう」

「……」

「アルティナ？　どうしたんだ？」

「……きぼちわるぃ……」

「えっ」

……その後、なにがあったのか。

アルティナの名誉のため、ここは伏せさせてもらおう。

～Another　Side～

「……うっ」

とある日の朝。

あたし……アルティナ・ハウレーンは、剣の鍛錬に励んでいた。

師匠に教わった通りに、剣を構えて、気を練り、祈りを捧げて……そして、振る。

その繰り返し。ひたすらに素振《すぶ》りを続けていく。

ただ、これが思っていた以上に厄介だ。

常に一定の動作を繰り返すため、集中力が要求される。

また、一撃一撃に全力を乗せるため、とてつもない膂力《りょりょく》が必要だ。

そして、一回毎に一から気を練り上げないといけないため、綿密な気のコントロールも必須とされていた。

きつい。

ものすごくきつい。

両腕が痺《しび》れて、息が切れて、気がコントロールできなくなり目眩《めまい》すら覚えた。

「はぁっ、はぁっ、はぁっ……！」

どうにかこうにか百回をこなしたものの、そこで限界。あたしは息切れしつつ、剣を持つ手を止めた。

「こんなものを……1時間で1万回とか……やっぱり、師匠って化け物ね……」

「俺がどうしたんだ？」

「ひゃっ」

いつの間にか師匠がいた。

同じく鍛錬にやってきたらしい。

「ううん、なんでもないの。それより、師匠もこれから素振りを？」

「ああ。毎日やらないと、色々な感覚が薄れてしまうからな」

「ふーん……その毎日って、毎日なの？」

「どういう意味だ？」

「嵐《あらし》が来た日とかは？　体調が優れない日もあるでしょう？」

「もちろん、毎日だ」

断言されてしまった。

「嵐が来たら、むしろラッキーだな」

「え、なんで？」

「普段と違う環境だから、集中しにくくなるだろう？　そういう逆境に身を置くことで、いつも以上に鍛えられる気がする。体調が優れない日も同様だな」

「うわぁ……」

あたしが思っている以上に、師匠はすごいのかもしれない。

まさか、そこまでしていたなんて。

弟子入りして、それなりの日が経《た》ったけど、まだまだ師匠のことを理解していないようだ。

「ねえ、師匠。今日は、ちゃんと稽古をつけてよ」

「それは構わないが……なんだか、やけにやる気だな？」

「そういう気分なの」

このままだと、一生、師匠に追いつけないような気がした。

それどころか、どんどん差が開くばかり。

なら、努力するしかないじゃない？

「よし。じゃあ、一緒にがんばろうか」

「よろしくお願いします！」

「俺の素振りは……まあ、後でいいか。じゃあ、先に、アルティナの剣についての話をしよう。まずは、見てて気になったところだけど……」

こうして、今日は師匠に稽古をつけてもらうことになった。

単純に、剣を学ぶことは嬉しい。

あと……師匠と一緒にいられることも嬉しい、えへへ♪

◇

「ところで、普段、アルティナはどんな鍛錬をしているんだ？」

とある日。

ふと気になり、俺は思っていたことを尋ねてみた。

「え、あたしの鍛錬？　それは、師匠のでたらめな素振りを基本に……」

「あ、いや。そうじゃなくて、俺と出会う前は、どんな鍛錬をしていたのかな……と。剣聖に至る道がどんなものか、気になったんだ」

「ああ、そういう」

んー、とアルティナは考える仕草をする。

「そんなに大したことはしていないわよ？　師匠のようなアホで無茶苦茶で色々とおかしい素振りじゃなくて、普通の素振り」

「言い方な」

「それと、基礎トレーニング。それくらいね」

「……それだけ？」

「ええ」

「それで剣聖に上り詰めるなんて、すごいな」

「強いて挙げるなら、あとは実戦かしら？　とにかく魔物と戦って戦いまくって、実戦で腕を磨いていったわ」

「なるほど」

確かに実戦は重要だ。

普段の鍛錬だと、わりと思った通りのことはできる。

しかし、いざ実戦になると、鍛錬でできていたことの半分ができなくなる。

実戦の緊張や焦《あせ》りのせいだ。

力だけではなくて、心を律することも求められる。

そんな実戦を繰り返していたのなら、彼女の強さは納得だ。

「ああ、そういえば……アレもしていたっけ」

「アレ、というのは？」

「ちょっと待っててね」

アルティナは、一旦《いったん》、宿の自室に戻った。

普段、宿の裏手にある広場で鍛錬をしているため、アルティナが戻ってくるのはすぐだった。

「はい、これ」

「これは……剣、なのか？」

アルティナから渡されたのは、レイピアに近い、とても細く薄い剣だ。

おまけに、とても軽い。

試しに振ってみると……なんだ、これは？

あまりにも軽く、刃が薄すぎるせいで、なにもかも普通の剣と勝手が違う。

違いすぎるせいでまともに扱うことができず、でたらめな軌道になってしまった。

「極限まで軽量化した剣よ」

「こんなものを鍛錬に……？」

「意外と役に立つのよ？　感じてもらった通り、めちゃくちゃ扱いづらい。これなら、鉛をつけた重さたっぷりの剣を使っている方がマシ、って思うくらい。でも、その剣を扱うためには、とても繊細な技術が要求されるわ。だから、うまく扱えるようになれば、今までの何倍もの技術を得られる、っていうわけよ」

「なるほど」

そういう鍛錬は思いつかなかったな。

おじいちゃんからも教わった覚えがない。

なかなか良い方法だと思う。

このおかげで、アルティナは剣聖になれたのかもしれないな。

「師匠もやってみる？」

「いいのか？」

「あたしは、今はあまり使ってないし、貸してあげる」

「そうか、助かるよ。ありがとう」

「まあ、いくら師匠でも、けっこう苦戦すると思うわ。あたしだって、まともに扱えるようになったのに半年はかかったもの。師匠なら、んー……1ヶ月くらいかしら？」

ヒュンヒュンッ！

シャッ！

「ふむ、こんな感じか？　そうだな、だいたいコツが摑めてきた」

「……」

「ん？　どうしたんだ、アルティナ。ぽかーんとして」

「なんで1分で習得しているのよ!?」

なぜか怒られた。

「あたしは半年もかかったのに！　いくら師匠でも1ヶ月はかかると思っていたのに！　それなのに、たったの1分って……なによそれ、なによそれ！　大事なことだから二回言いました！」

「お、落ち着いてくれ。俺は、たまたまうまくいっただけで……」

「あはは……やっぱり、あたしは井の中の蛙。ううん、蛙を名乗るのもおこがましいわ……井戸の底に泳いでいる、なんかよくわからない水虫を名乗るのがお似合いね……」

「そこまで卑下しなくても」

「……誰《だれ》のせいだと思っているのかしら？」

「うっ」

ジト目で睨まれてしまい、ついつい、たじろいでしまう。

「あーもうっ、やってられないわ！　師匠、今夜は飲みにいくわよ！　付《つ》き合って！」

「え？　それは、しかし……」

先日のとある事件を思い出した。

アルティナは酒に弱いわけではないが、無理をしてしまう傾向がある。今回もそのような事態にならないだろうか？

「今度は大丈夫！　ちゃんと、限界手前で飲むのやめるから！」

「うーむ、しかしだな……」

「行くったら行くの！　あたしのプライドを傷つけた罰よ！　乙女は繊細なんだから！」

「わ、わかった。飲みに行こう」

……こうして、夜はアルティナと飲みに行くことになったのだけど、彼女が前回と同じ道を辿《たど》ったのは言うまでもないことだった。

9章　不穏

「今日はよろしくお願いしますぞ」

「ええ、こちらこそ」

商人のギドさんと笑顔で握手を交わした。

三十代の男性で、恰幅《かっぷく》がよくて横に広い。

ただ、たくさん食べられて体格がよいということは、商売がうまくいっている証拠だ。

今日は、護衛の依頼を請けた。

商売の都合で、エストランテから半日ほどの距離の村まで移動するギドさんの護衛だ。

以前は最低ランクだったため、人の命を預かる護衛依頼を請けることはできなかった。

しかし、ランクが上がったため、こうした依頼を請けられるようになったのだ。

「では、行きましょう」

ギドさんは御者台に乗り、馬の手綱を握る。

俺《おれ》とアルティナは、その後ろの荷台に乗る。

本当は、盗賊達に対する牽制や、早く魔物を発見するために、俺達が御者台に乗った方がいい。

ただ、ギドさんの馬はあまり人に慣れていないらしく、他の人だとちゃんと動いてくれないらしい。

まあ、荷台はそこそこ広く、いざという時はすぐに外に出られるから、そこまで大きな問題ではないか。

ほどなくして、コトコトと車輪が回る音。

それと、小さな振動が伝わってきた。

「あいたた……人を運ぶための馬車じゃないから、ちょっと揺れるわね。依頼が終わった頃には、お尻《しり》が大変なことになっていそう」

「クッションでもあればいいんだけどな」

「じー……」

「どうした?」

「師匠、あぐらをかいてくれる?」

「こうか?」

「えいっ」

アルティナが俺の上に乗る。

「お、おい」

「へへー、こうすればお尻が痛くないわ」

「俺は痛いのだが」

「いいじゃない。こんな美少女に密着されて、嬉《うれ》しいでしょ?」

「うーん」

アルティナは女性というよりは、弟子。

弟子だから子供のように感じていて、そういう目で見たことはない。

「むぅ……師匠ってば、剣の実力はすごいのに、こっち方面はてんでダメね」

「こっち方面とは？」

「知らなーい」

拗《す》ねられてしまう。

なぜだ？

「ほっほっほ、仲がよろしいですな」

俺達の会話は御者台のギドさんにも届いていたらしく、朗らかな笑い声が聞こえてきた。

「いやはや、お恥ずかしい」

「いえいえ、気になさることはありません。御夫婦なのですから、仲が良いのは当然のことかと」

「あ、いや。俺達は……」

「ふふ、そう見える？　もうー、ギドさんってば上手なんだからー♪」

一気にアルティナの機嫌が回復した。

だから、なぜだ……？

「彼女は弟子なんですよ」

「そうなのですか？」

「ええ。もっとも、俺にはもったいないくらいの弟子ですが」

「なによー、そこは誇りに思うところでしょ？」

「誇りには思っているさ。もったいないくらいの弟子だけど、しかしアルティナは、素晴らしい剣の腕を持っている。それに剣士として心も鍛えられているから、性格もいい。それに、とても綺麗《きれい》だ。自慢で、なによりも誇らしく思っているよ」

「え？　あ、ぅ……そ、そう……」

アルティナは赤くなり、もごもごと小さくつぶやいた。

照れているのだろうか？

こうした喜怒哀楽がはっきりしているところも、彼女の魅力だろう。

「はぅ」

……と口にしたら、さらに照れてしまった。

「自慢ではあるが……ただ、あの剣聖が弟子となると、やはり、もったいないくらいと感じてしまうんだよな」

「ほぅ……剣聖なのですか？」

「ええ、そうよ。そういえば、師匠しか名乗っていなかったわね。あたしは、アルティナ・ハウレーン。剣聖の称号を授《さず》かる冒険者よ」

「……これはこれは。そのような方に護衛をしていただけるなんて、とても心強い」

今、ギドさんの気配が一瞬鋭くなった気がしたが……気のせいか？

なんだ？

「ところで、喉《のど》などは渇いていませんか？」

「いいえ、お気遣いなく」

「いえいえ。大事な護衛の方になにかあっては、私の方が心配ですからね。村までは、まだ時間がかかります。よかったら、こちらをどうぞ」

ギドさんから水筒を二つ、渡された。

やけに用意がいいな……？

「ありがと、ちょうど喉が渇いていたところなの」

アルティナは笑顔で水筒を受け取り、さっそく中身を飲む。

「これ……！」

「どうしたんだ？」

「すっごく美味《おい》しい！　果物の果汁かしら？」

「ええ。うちで扱っている商品の一つですよ」

「へぇー、こんなに美味しいなら、たくさん売れるでしょうね。ん～♪」

アルティナは、とても美味しそうに飲んでいた。

「ささ、グルヴェイグさんもどうぞ」

「……いただこう」

俺も水筒の蓋を開けて、中身を口に含んだ。

「うん、美味しいな」

「でしょ？　あたし、街に戻ったらこれを買っちゃうかも」

「それはよかった。これで、お客様が二人、増えたかもしれませんな」

ギドさんが機嫌良さそうに笑うのが聞こえてきた。

ふむ……？

「では、なにかありましたら、呼んでください」

「ええ。ギドさんこそ、なにかあれば俺達のことを」

ギドさんは馬車を動かすことに専念したようだ。

わざわざ、この差し入れのために声をかけてくれたのだろう。

「ギドさん、良い人ね」

「……そうだな」

「そういえば、師匠は護衛のイロハは知っている？」

「いや、わからないな」

剣のことなら詳しいと思うが、冒険者については、まだまだ勉強中だ。

「ふふーん。じゃあ、あたしが教えてあげる♪」

立場が逆転することが嬉しいのか、アルティナは得意顔だ。

「ああ、頼むよ」

「いい？　まずは……」

「つまり、こういう時はぁ……あふぅ」

30分ほど護衛についての講義が続いていたのだけど、途中、アルティナは大きなあくびをこぼした。

「眠いのか？」

「なんか、急に……おかしいわね？　今日は護衛があるから、たっぷり睡眠をとったはずなんだけど……」

「日頃の疲れが溜《た》まっているのかもしれないな。なにかあったら起こすから、寝てていいよ」

「んー……ごめん、師匠。お願い……わりと、限界……」

そこまで言うのがやっとで、アルティナは、どさっと俺に寄りかかってきた。

そのまま、すぅすぅと寝息を立てる。

穏やかな寝顔だ。俺のことを信頼してくれているのがわかる。

彼女の素直な気持ちが嬉しい。

「今は、特になにもなさそうだし……俺も寝ておくか」

そう言ってから、俺は静かに目を閉じた。

～Another　Side～

「……ちょうどいい頃合《ころあ》いですね」

荷台で眠るガイとアルティナを見て、ギドは笑みを浮かべた。

馬車を進めるのだけど、村に続く街道を逸《そ》れる。

そのまま人気のない林道へ。

さらに5分ほど進んだところで馬車を止めた。

ギドは馬車を降りると、周囲に声をかける。

「みなさん、出番ですよ」

「へへっ」

木陰から十数人の男達が姿を見せた。

盗賊だ。

いずれもニヤニヤと下品な笑みを浮かべている。

「よぉ、ギド。今回の獲物はどうだ？」

「男が一人、女が一人。いやぁ、今までにないほどの上物ですよ。装備はもちろん、なんと、女は剣聖ですからね」

「剣聖だって!?」

「おいおい、そいつは大丈夫なのかよ……?」

「問題ありませんよ。私の薬の効果は知っているでしょう? 剣聖だろうとなんだろうと、半日は目が覚めることはありません。ドラゴンが相手でも、その効果は変わらないでしょう」

「その間に、装備を剝《は》ぎ取り、ヤルことヤッて……っていうことか」

「へへ、頼もしいな」

「ははは、そう言ってもらえると嬉しいですね。こうして、あなた達と手を組んでいる甲斐があるというものですよ」

盗賊達が笑い、ギドも笑う。

彼は、商人だ。

ただし、盗賊と組んで人身売買を行う犯罪商人という裏の顔を持つ。

護衛の依頼を出して、適当な冒険者を雇う。

途中、薬を飲ませて意識を奪い、協力者である盗賊に引き渡す。

盗賊は冒険者の装備などを奪うことができる。女性が含まれていたのなら、さらに楽しむことができる。

そしてギドは、見返りとして盗賊から金を受け取り……さらに、最後に冒険者達を奴隷として売る。

最低の方法ではあるものの、効率的に金を稼ぐことができた。

ギドが捕まることはない。

罠《わな》にかかり逃れることができた冒険者はおらず、全《すべ》て餌食になっていたため、悪事を暴《あば》くことも告白することもできない。

彼に関《かか》わる冒険者が全て依頼に失敗して失踪していたとなれば、ギルドが不審に思うかもしれないだろう。

しかし、ギドは怪しまれることを避けるため、定期的に場所を変えていた。

一度『仕事』をしたら、その街に半年は近づかない。

そんな用心深さが犯行の露見を防いでいた。


しかし。


悪は栄えることなく、いつか滅びる。

それが世の常だ。

「……なるほど。妙な感じはしたが、そういうことか」

◇

馬車から降りると、ギドと盗賊達はぎょっとした顔に。

「おいっ、起きているじゃねえか⁉　どういうことだ⁉」

「そんなまさか……⁉　確かに、睡眠薬入りのドリンクを飲んだはずなのに……！」

「あなたの態度に違和感があったからな。飲んだフリをして口の中に溜めて、そっと吐いておいた」

アルティナが剣聖と知り、喜ぶのではなくて警戒したり。

ドリンクを渡した後、じっとこちらを注視してきたり。

違和感が積み重なり、警戒して、寝たフリをしていただけ。

間違いであってほしかったが……残念だ。

「どうして、このようなことを？」

「ふんっ……どうして？　そんなの決まっているだろう、稼ぐためですよ！」

開き直るギド。

今までの態度も演技だったのだろう。

途端に乱暴な口調になり、表情も歪《いびつ》なものに変化した。

「はは、お前達冒険者は、実に良い金になる。駆け出しでも、そこそこの装備を持っていますからね。それに、最後は奴隷として売ればいい。いい金になる。一石二鳥というやつですよ、ははは！」

「こいつ……」

「あなたは、なかなかいい体をしている。きっと、労働奴隷として需要は高いでしょうね。そして、なによりも……ぐふふ」

ギドは舌なめずりをした。

そして、好色そうな視線を馬車に向ける。

「あの剣聖はいい……たまらないですね。剣聖というだけで破格の値がつくだろうに、それだけではなくて、若くて美しい。あぁ、たまらない！　奴隷として売る前に、ぜひ、味見をしたいところですねぇ。じっくりとねっとりと、隅々まで堪能してあげますよ、ひひひっ！」

ギドが笑うと、盗賊達も笑う。

おこぼれをくれよ、と笑う。

あぁ……そうか。

ギドもこの連中も、人間ではないのだろう。

魔物の方がまだマシだ。人間の皮を被った、魔物以下のゴミだ。

頭がやけにクリアになる。

心がスゥッと冷えていく。

「あなたが眠っていないのは誤算でしたが、まあ、いいでしょう。たかが一人、なにができるわけでもない。みなさん、殺してください」

「おい、いいのか？　奴隷として売るんじゃないのか？」

「可能ならそうしたいですけどね。無傷か、あるいは軽傷で捕まえられますか？」

「……ちと厳しいな」

「でしょう？　なら、殺してしまいましょう。ゴミは処分するに限る。売り物にならない人間なんて、ゴミですよ、ゴミ」

「へへ、了解だ」

盗賊達は次々に武器を抜いた。

ギドはニヤリと笑う。

「ああ、そうそう。男の武器は上物ですよ、それの回収は忘れずに」

「ギドさんも、獲物の分け前をくれよ？」

「ええ、もちろんですよ。剣聖は、私が最初に楽しませてもらいますが……ひひっ。その後は、あなた達で好きにするといい。とはいえ、やりすぎて壊さないようにしてくださいよ？　その場合は、価値が下がってしまいますからね」

「ギドさんがそれを俺等に言うかね。何人も味見で壊しているくせに」

「仕方ないでしょう？　ゴミを引いてしまう確率が高かったのですから」

……もしかしたら、やむにやまれない事情があったのかもしれない。

そう期待していたが、その可能性はゼロに近いだろう。

彼らの表情を見ればわかる。

人間のものではなくて、悪鬼羅刹《あっきらせつ》という表現がぴたりと合う。

この連中は……もうダメだ。

「へへ、そうと聞いたら……」

「たっぷり楽しむために、邪魔者はとっとと排除させてもらうか」

「ま、この数の差を覆すことなんて無理だからな。おっさん、運が悪かったな」

「……そうか」

一言、静かに返した。
ギドと盗賊達は人の道を外れて、取り返しのつかないところまで堕ちていた。
捕まれば、まず極刑は避けられないだろう。
あるいは、一生の労働奴隷か。
ただ、その未来がやってくることはない。
なぜならば……

「おらっ、死ねよ、おっさん！」
盗賊の一人が剣を抜いて、斬りかかってきた。
勢いはいいのだけど、しかし、それだけ。
剣の鋭さ、力強さ、速さ……全てが雑だ。
攻撃の予測は簡単で、俺は、数歩後ろに下がり、安全圏に退避した。
盗賊の剣が目の前で空振り、それに合わせてカウンターを放つ。

一閃《いっせん》。

盗賊の剣を切断して。
さらに、首も切り落とした。

悲鳴をあげることもできず、盗賊は血を撒《ま》き散らしながら倒れる。

「……は？」

突然、仲間がやられたことを理解できない様子で、他の盗賊達はぽかーんとしていた。

俺は、改めてアイスコフィンを構える。

「覚悟してもらおうか。外道《げどう》にかける情けはない……その命、もらいうける」

俺は前に出た。

しかし、盗賊達は未《いま》だ驚きに囚われたまま、まともに反応する者はいない。

隙だらけだ。戦場でそんな姿を見せたら命取りになる。

そのことを、彼らの身に直接教えるとしよう。

俺は前に出て、一人の盗賊の腹部にアイスコフィンを突き刺した。そのまま横に引き抜いて、胴を両断してやる。

「がっ……⁉」

そんなバカな、というような顔をして、盗賊が倒れた。

そのまま血を広げて絶命する。

「て、てめぇ……⁉」

「くそっ、よくもやってくれたな！」

我に返った盗賊達は、それぞれ武器を抜いて襲いかかってきた。

左右から挟み込むようにして、同時に剣を振るう。

連携の訓練をしているらしく、それなりに速く、それなりに鋭い。

だが、あくまでも「それなり」というレベルだ。

避けると同時に前に出て、二人の背後に回り込む。

「えっ、消えた……!?」

「やろう、どこに……」

「後ろだ」

あえて声をかけると、二人は素直に振り返る。

おかげで、急所を狙《ねら》いやすくなった。

刃を添えるようにして、一人目の首を斬る。そのまま返す刃で二人目の胸を貫いた。

なにが起きたかわからない様子で、二人は崩れ落ちる。

「次は誰《だれ》だ？」

自分のものとは思えないほど冷たい声が出た。

連中はまるで怖くない。

剣の構えも動きも足さばきも、なにもかも、まるでなっていない。

やろうと思えば、手加減することは可能だろう。

ただ。

手加減はしないことにした。

全力で叩き潰《つぶ》す。

この者達がしてきたことは、あまりにも人の道を外れている。多くの涙が流れたことだろう。

被害者の気持ちを思うと、とてもではないが許せることではない。

それと、もう一つ。

連中はアルティナを狙った。

彼女に醜い視線を向けて、愚かな欲望をぶつけようとした。

許せない。

許せない。

許せない。

アルティナの明るく太陽のような笑顔に、俺は何度も助けられてきた。彼女が隣にいてくれたことで、どれだけ心を支えられたことか。

それに、アルティナは俺の弟子だ。

きちんと師匠を務められているか、言い切ることはできないのだけど……しかし、家族のように大事に想《おも》っていると、そこは断言できる。

そんなアルティナを害すると言う。汚してやると笑う。

許せるわけがない。

大事な人を傷つけようとするのならば……

「俺は、鬼になろう」

アイスコフィンを振り、刀身についた血を払う。

「ちっ……おい、囲め！　このおっさん、けっこうやるぞ。数で押し切る！」

「タイミングを見て、矢と魔法をぶつけてやれ！」

続けて、三人の盗賊が前に出た。

武器は短剣。刃が黒く濡《ぬ》れているところを見ると、毒を塗っているのだろう。

三人は縦に並び、まっすぐに駆けてきた。

そして、時間差で攻撃を仕掛けてくる。

一人目が牽制を放ち、二人目が体勢を崩して、三人目が本命の一撃で仕留める。

攻撃が回避される、あるいはガードされたとしても、続く者が連続で攻撃を放ち、自分達の優位を保つことができる。

なるほど、よく考えられた連携だ。

これを乗り越えることは、なかなか難しいかもしれない。

しかし、難しいというだけで不可能ではない。

「死ねやぁ！」

「死ぬのはお前だ」

連携が繰り返されるものの、それはもう、見切った。

一人目と二人目の攻撃を回避。三人目が本命を放ってきたところで、俺は、あえて前に出た。

短剣をアイスコフィンで受け止めると同時に、刃と刃を絡《から》ませて、跳ね上げる。

敵の武器を奪ったところで、無防備な体に一撃。悲鳴を上げて倒れた。

「てめえっ！」

残った二人は、激昂しつつ、短剣を突き立ててきた。

「甘い」

アイスコフィンを振るい、一人目の短剣の刃を斬る。

その軌道を見極めて、落下地点へ移動。落ちてくる刃を蹴《け》り、二人目に突き刺した。

「がっ……⁉」

毒がたっぷりと塗られた刃だ。

盗賊の顔はみるみるうちに変色して、泡を吹いて倒れた。

残りの一人は、仲間の死に動揺することなく、連続で短剣を突き出してくる。

アイスコフィンを縦に構えて、刃の腹で全ての突きを受け止めた。

このような無茶な使い方をすれば、普通は剣が傷ついてしまうのだけど、そこは名剣。傷一つつくことはなくて、逆に、相手の短剣の刃が砕けてしまう。

一歩、強く大きく踏み込んだ。

そして、剣を振る。

「あっ……ぐぅ⁉」

刃は相手に届かないものの、剣圧が刃の破片を飛ばして、盗賊の体を傷つけた。

同じく、毒で倒れていく。

「なっ……⁉　あ、あいつ、化け物か⁉」

「必殺の連携を、ああも簡単に……くそっ、どういうことだ！」

「お、おいっ、今だ！　やれ‼」

俺を囲むように配置についた盗賊達は、合図で一斉に矢と魔法を放つ。

それは嵐《あらし》のようで、逃げ場は一切《いっさい》ない。

包囲網の中にいる者を確実に仕留める、必殺の陣だ。

ただ、避けられないというのなら迎撃すればいい。

「はぁっ‼」

アイスコフィンを両手でしっかりと持ち、全身のバネを使い、力強く跳ね上げた。

全力で剣を振るう。

その余波で、ゴゥッ！　という衝撃が吹き荒れた。

迫りくる矢を叩き落として、魔法の軌道を強引《ごういん》に変えてみせる。

それだけで終わることはない。

衝撃波は周りの盗賊達にも届いて……

「ぎゃあ⁉」

「ひぁっ⁉」

「あっ、ああああ！」

三人の盗賊がまとめて吹き飛ばされた。

竜巻に巻き込まれたかのように、勢いよく、激しく木の幹に叩《たた》きつけられる。

骨の折れた鈍い音。共に口から血を吐いて、がくりとうなだれた。

死んだか、あるいは気絶したか。

どちらにしても戦闘不能だ。

「な、なんだよ、このおっさん……」

「なんてデタラメな強さだ……」

「お、俺等が敵《かな》う相手じゃねえ……！」

近接戦闘は無理。遠距離もダメ。短時間で仲間の半分がやられてしまった。

その事実に、盗賊達は戦意喪失した様子だ。

「……」

隙だらけだ。

今なら、一気に殲滅《せんめつ》することが可能だろう。

連中は非道を重ねてきた。アルティナも害そうとした。

それは決して許せることではない。


……しかし。

俺の放つ殺意に怯《おび》えている様子で、盗賊達は、涙を浮かべつつ震えていた。

死を間近に感じて、へたり込んでしまっている者もいる。

もう決着はついた。

相手がどうしようもない愚か者だとしても、これ以上、戦いを続けることはアリなのだろうか？


『いいかい？　強くなるために剣を振るんじゃない。心と魂を鍛えるために剣を振るうんだよ』


ふと、おじいちゃんの言葉を思い出した。

「そう……だな」

俺の剣は、人を殺すためのものじゃない。

己《おのれ》を鍛えて……そして、大事な人を守るためのものだ。

襲い来る火の粉は払う。

盗賊達が諦《あきら》めないのなら容赦はしない。

しかし、彼らはもう戦意喪失している。

これ以上の戦いに大義はない。戦意喪失した彼らを斬るのはただの『殺人』であり、剣の道からは外れてしまっているだろう。

おじいちゃんが見たら悲しむだろう。

「……ふぅ」

俺は、一つ深呼吸をした。

そうやって頭を冷やしてから、盗賊達に剣を突きつける。

「全員、武器を捨てて投降しろ。逆らう者は容赦しない。ただし、おとなしくするのならば命の保証はしよう」

「うっ……」

盗賊達は次の攻撃に移ることはないものの、武器を捨てることはない。

迷っているようだ。

このまま戦うことは厳しい。

かといって投降しても、待っているのは重い刑。

どちらにしても悲惨な未来を迎えてしまうのなら、今ここで……という考えが透けて見えた。

なので、心を折るために、俺はアイスコフィンを振るう。

狙うのは彼らではなくて、近くにある大木だ。

幹を半ばから切断。ゆっくりと、しかし地すべりのような大きな音を立てて、大木が倒れた。

「おとなしくするのなら、よし。変な気を起こしたのなら、このようになると思え」

「「「……っ……!?」」」

盗賊達はびくりと震えると、我先にと武器を手放した。

地面に膝《ひざ》をついて、両手を頭の後ろで組み、その状態でこくこくと何度も頷《うなず》く。

この様子ならおとなしくしてくれるだろう。

そう判断して、次の命令を下す。

「そこのお前」

「は、はいっ⁉」

「お前達が着ている服などを使い、仲間の手足を縛れ。最後は、自分の足を縛れ。いいな？」

「わ、わ、わかりました！」

指名した盗賊は、素直に仲間達の拘束を始めた。

他の連中もおとなしく従っている。

こちらは問題ないだろう。

「これでいい。残りは……あんただけだ、ギド」

ギドは腰を抜かしている様子で、地面にへたりこんでいた。

「ひ、ひぃっ……⁉」

涙もこぼしている。

ただ……殺意が隠しきれていない。

「ど、どうか、どうか命だけは！　お助けください、お助け……死ねぇっ！」

怯えは演技。ギドは隠し持っていたナイフを取り出した。

腰に構えて、全身でぶつかるかのように突撃する。

ただ、全て見抜いていたため、一歩、横に動くことで簡単に避けることができた。

同時に、アイスコフィンを一閃。

ナイフを持つギドの手を切り飛ばす。

なにが起きたかわからない様子で、ギドは呆けた表情に。

「え」

「あっ、あああああぁ⁉　わ、私の、私の手がぁっ、手がぁあああああ⁉」

遅れて痛みがやってきたらしく、ギドは涙目になって転がる。

今度こそ演技ではないだろう。

「これで傷口を縛っておけ。止血くらいはできるだろう」

ポーチから細い縄を取り出して、ギドに放る。

ギドは慌《あわ》てた様子で縄を拾い、ひぃひぃと荒い吐息《といき》と涙を流しつつ、どうにかこうにか止血をした。

ここまでしたのは、ギドの心を折るためだ。

盗賊達は諦めた様子だったが、ギドの目は、まだ野心に燃えていた。

だから、あえて片手を切り落とした。

これで諦めてくれるだろうと思っていたが……どうやら、それは甘い見積もりだったらしい。

「くぅっ……こ、この私にこのようなことをして、タダで済むとでも⁉」

「まだ、そんな口を叩けるのか」

「わ、私は、裏世界ではそれなりの地位についているのだ！　貴様のようなおっさんなど、物理的にも社会的にも即座に殺すことができるのだぞ⁉　勇者とて、私の……」

「……今、なんて？」

こいつ……もしかして、シグルーンと関わりを持っているのか？

「……」

今のは失言だったらしく、ギドは途端に黙ってしまう。

もう片方の手も切り落とせば吐いてくれるかもしれないが、さすがに拷問の類《たぐい》はしたくない。

「仕方ない。あとは、ギルドと騎士達に任せるか」

騎士達の仕事は治安維持だ。ギドのような犯罪者が相手なら、しっかりと動いて、徹底的に調査をしてくれるだろう。

ちょうどいいタイミングで、盗賊達の拘束も終わったようだ。

最後に、仲間を拘束していた者の両手を俺が縛る。

後は馬車を使い、連中を運んで……

「くそっ！」

「あ、おい⁉」

突然、ギドが走り出した。

隙を見て逃げる算段だったのだろう。

茂みに飛び込み、そのまま姿を隠して逃げてしまう。

「……仕方ないか」

追いかければ捕まえることはできるだろうが、そうなると、盗賊達から目を離すことになる。

戦意喪失しているものの、俺がいなくなれば、またよからぬことを考えるかもしれない。

アルティナはまだ目を覚ましていないため、無茶はしたくない。

それに……たぶん、ギドはもう終わりだろう。

その怪我《けが》。

きちんと手当てをしないと、いずれ致命傷に発展する。そうでなくても、血の匂《にお》いは魔物を引き寄せてしまう。

「さようなら、ギド」

～Another Side～

「はぁっ、はぁっ、はぁっ……！」

誰もいない森の中、ギドは息を切らしながら走っていた。

恐ろしい。

恐ろしい。

恐ろしい。

なんだ、あのガイという冒険者は？

Fランクと聞いていたが、まるで話が違う。

Aランク……いや。Sランクに匹敵《ひってき》するほどの実力者ではないか。

なによりも恐ろしいのは、あの目だ。

冷たく、鋭利で、無機質で……目が合った瞬間、殺されてしまうと悲鳴をあげそうになった。失神してしまいそうになった。

ギドは慌てて逃げ出した。

盗賊達を囮《おとり》にして、とにかく、ガイから少しでも遠くに離れることだけを考えた。

その試みは成功した。

走り続けたギドは、ガイの探知範囲外に逃れることができた。

「くそっ、なんなんだ、あの冒険者は……！　せっかくのチャンスが……くそっ、許さぬぞ！　このままで済ますものか。絶対に……！」

見当違いの復讐を誓うギド。

しかし、彼は気づいていない。


……その復讐の機会は、永遠に訪れることはない。


「グルル！」

「なっ……!?　えっ、あ……」

ギドは逃げることに夢中になるあまり、森の深部に来ていることに気づいていなかった。

そして、そこは魔物の巣になっていた。

さらに言うと、ギドは片手を失い、多くの血を流している。その血に魔物達が誘い出されていた。

「し、しまった……くっ、だ、だが、一匹くらいならば……ひぃ!?」

森の茂みに潜む魔物の瞳《ひとみ》の輝き。それがどんどん数を増していく。

十を超えて、百も超えて……それは星の輝きのようでもあったが、ギドからしたら絶望の光でしかない。

「な、なんで、これほどの大量の魔物が……!?　も、もしかして、スタン……」

「ガァッ！」

「あぁ⁉　ま、待てっ、話し合おうじゃないか！　私ならキミ達、魔物とでもうまくやっていけ……ぎゃあああああっ⁉」

森の深部に悲鳴が響くものの、それは、誰の耳にも届かないのだった。

10章　災厄

「今回は、本当に申しわけありませんでした……!!」

盗賊達を捕縛して、アルティナを起こして……それから街へ戻り、騎士団を訪ねて後始末をした。

その後、今回の件を報告するためにギルドへ赴くと、リリーナに思い切り頭を下げられてしまう。

「ガイさんが請けた依頼主が犯罪者であったこと、見抜くことができなかったギルドの落ち度です！　謝罪して済むことでないことは重々に承知しているのですが……本当に申しわけありませせん!!」

「あ、いや。そこまで気にしないでほしい。ギドは、色々な小細工をしていたんだろう？　なら、気づくことができなかったとしても仕方ない」

「いえ、そういうわけにはいきません。冒険者ギルドは仲介料をいただく代わりに、冒険者の方々に適正で適切な依頼を紹介しなければいけません。それなのに、その当たり前ができないなんて……ただただ恥じ入るばかりです」

俺《おれ》は無事、アルティナも無事。盗賊達も捕まえることができた。

ギドは取り逃がしてしまったものの、ただ、あの怪我《けが》なら魔物に襲われているだろう。

万が一、生き延びたとしても、ギドの悪事は明らかになった。ギルドと騎士団のネットワークを通じて、情報は多くの街で共有される。

ギドは指名手配となり、もう悪事を働くことはできないだろう。

結果オーライというやつだ。

なので、本当に気にしていない。

「以前の勇者の件もそうですが、ガイさんには迷惑をかけてばかりで……」

リリーナは深く自分を責めているようだ。

気にしていないと言葉をかけても、それでは解決にならないかもしれない。本人が納得できるように、なにかしら対価を求めた方がいいだろう。

「そうだな……なら今度、街の美味《おい》しい店を教えてくれないか？　リリーナに案内してほしい」

「え？　で、ですがそれは、私のご褒美になってしまうのですが……」

なんで、案内してもらうだけなのにご褒美になるのだろう？

休日出勤なんて、面倒でしかないと思うのだが。

「まあ……それで足りないなら、なにか美味しい依頼を紹介してくれれば、それでいいさ。俺は、それ以上を求める気はない」

「し、しかし……」

「なら、これも追加にしようか。あまり気にしないでくれ。それが俺からの要求だ」

「そ、そんな無茶苦茶な……」

「ダメかい？」

「……いえ。ガイさんの優しさに感謝します。本当にありがとうございます」

もう一度、リリーナは深く頭を下げた。

「もう……本当に、ガイさんは優しいんですね」

「そんなことはないさ。俺だって……怒る時は怒る」

盗賊達と戦った時のことを思い返した。

あの時は怒りに呑《の》まれ、鬼になりかけた。

あれはダメだ。

俺の剣は守るためのもの……それを忘れてはいけない。見失ってはいけない。

それなのに、怒りに呑まれてしまう……やれやれ。

俺も、まだまだ修行が足りないな。

「改めて、ありがとうございます、ガイさん」

「いいよ」

「その……せめて、個人的な謝罪というか、許していただいたお礼というか……そういう感謝の気持ちを捧げたいのですが」

「気にしなくてもいいのだけど……わかった。俺は、どうすればいい？」

「少し顔を寄せてくれませんか？」

「こうか？」

「……んっ……」

そっと頬《ほお》に触れる柔らかい感触。

「い、今のは……」

「ふふ。機会があれば、もっと色々なことをさせてくださいね♪」

そう微笑むリリーナは、どこか妖艶に見えてしまうのだった。

◇

「さて、今日はもう依頼という感じではないな」

ギルドを後にして、空を見る。

まだ陽《ひ》は高いものの、色々とあって疲れてしまったため、立て続けに依頼を請けるようなことはやめて、休みにしよう。

幸いというべきか、ギドと盗賊の一件で、かなりの報奨金をもらうことができた。

ドラゴン討伐の報酬と合わせれば、しばらく生活に困ることはない。

「アルティナ、遅くなったけどごはんにしようか。なにか食べたいものはあるかい？」

「……」

「ふむ」

ギドと盗賊の一件以来、アルティナは元気がない。

ギルドに赴いた時も、ずっと黙っていた。

してやられたことを気にしているのだろうか？

「アルティナ、どうしたんだ？」

考えるよりも聞いた方が早いと、直《じか》に尋ねてみることにした。

「元気がないな」

「それは……」

「もしかして、ギド達にしてやられたことを気にしているのか？」

「それは……少しあるわ」

「そうか。まあ、剣聖だろうとなんだろうと、失敗くらいする。要は、その失敗を次に活かせるかどうかだ。次、同じ失敗をしないようにすればいいんじゃないか？」

「……うん。ありがと、師匠」

やはり元気がないままだ。

他に理由が隠れていそうだな。

「元気がない理由はそれだけか？　師匠に話せないようなことか？」

「そんなことは……ない、けど……」

迷うような間。

ややあって、アルティナは泣きそうな顔をして、ぽつりぽつりと話す。

「あたし……師匠の足を引っ張っちゃった……」

「それは……」

「師匠の弟子として、一緒に戦わないといけないのに。足を引っ張るなんて、あっちゃダメなのに。でも、あたしは……」

そうか。

アルティナは、俺を危険に晒《さら》したと思い、それを酷《ひど》く後悔して自分を責めているのだろう。

優しい子だな。

自分ではなくて、俺のことを一番に考えてくれている。なかなかできることじゃない。

「お願いっ、師匠！　あたしに罰をあたえて！」

「罰？」

「このままじゃ、あたし、自分のことが許せない……あたしに都合がいい話っていうのはわかっているつもりだけど、でも、どうしても……だから、あたしをお仕置きして！」

「むぅ」

リリーナと同じで、アルティナも自分のことが許せないみたいだ。

俺はまったく気にしていないのだけど……ふむ。

どのようにして、それをわかってもらおう？

「なら、笑ってくれないか」

「え？」

「そんな泣きそうな顔をしないで、笑ってほしい。罰を与えるとしたら、それが罰だな」

「そ、そんなの罰にならないじゃない！」

「俺の裁量で決めることだろう？」

「だって、でも……そんなことじゃなくて、もっと酷いことでも、えっちなことでもいいのに！　って、それはご褒美になっちゃうか……」

今のは聞かなかったことにしておいた。

「あのな」

ぽんと、アルティナの頭に手を乗せた。

そのまま、ちょっと乱暴に撫《な》でる。

「あっ、ひゃ……髪が」

せっかく綺麗《きれい》に整えた髪がぼさぼさに。

でも、アルティナはされるがままだ。

「俺は大人だ」

「……あたしだって、大人よ」

「俺から見れば、まだまだ子供だな」

「でも……」

「なにかあった時は、大人を頼れ。必ずしも応《こた》えてくれるとは限らないが……俺は、絶対に応えてみせる。アルティナの師匠であることはもちろん、家族のように思っているからな」

「……師匠……」

「失敗を気にすることは仕方ない。でも、囚われすぎるな。そして、もっと周りを見て、自分を責めるのではなくて頼ることを覚えろ。それが、今回の講義だな」

「……はいっ！」

アルティナはにじみかけていた涙を指先で拭い、とても元気な返事をした。

うん。

この様子なら問題なさそうだ。

「じゃあ、ごはんにするか。今日は、なにが食べたい？」

「あ、それなら、あたしに作らせて」

「アルティナが？」

「せめてものお詫びと……あと、感謝の気持ちよ」

「そういうことならお願いするよ」

「とびきり美味しいごはんを作るから、期待しててね♪」

アルティナはにっこりと笑う。

その笑顔は太陽のような輝きを取り戻していた。

◇

数日後。

突然、ギルドに呼び出された。

ギルドを訪ねると、俺達以外にもたくさんの冒険者がいた。みんな、緊急招集を受けたみたいだ。

しばらくして、リリーナを伴い、初老の男性が現れた。

歳《とし》は60くらいだろうか？

白髪の髪は長く、サングラスで目を隠している。そのサングラスの下に大きな傷痕が見えた。

彼が、このエストランテの冒険者ギルドのマスター、アデル・ソールドだ。

元、凄腕の冒険者。

現在はギルドマスターの立場に納まり、日々、エストランテの冒険者を導いている。

「諸君、急な招集に応えてくれてありがとう。感謝する」

「なに、構わないさ。民草の期待に応えるのが勇者というものだからね！」

しれっとした顔で、シグルーンも混ざっていた。

彼に厳しい視線を向ける者はいるが、ただ、憧《あこが》れの目を向ける者も多い。

なんだかんだ、勇者という称号の影響力は大きい。

俺とシグルーンの決闘を見た人も、あれはイカサマだ、たまたま調子が悪かっただけ、と言う人もいる。

アルティナやリリーナは怒っていたものの、俺はよかったと安堵《あんど》していた。

おかげで、シグルーンの機嫌がよくなっているからな。下手に恨みを持たれたくないので、機嫌が上向いたようでなによりだ。

「なにが起きたかわからないが、勇者である僕に任せるといい！　どんな依頼だろうと、すぐに解決してみせようじゃないか！」

「頼もしい言葉だ。なら、今回の緊急依頼、頼りにさせてもらおうか」

「任せてほしい。それで、なにが起きたんだい？」

「……スタンピードだ」

「すぅ……!?」

シグルーンの顔が一気に青くなる。

それは、他の冒険者達も同じだ。


……スタンピード。

それは、一種の天災のようなものだ。

魔物が大量発生して、津波のように押し寄せてくる。

規模にもよるが、抗《あらが》うことはとても難しい。

一度発生したら、複数の街や村が壊滅することもある。


「……おっと、失礼。すまないが、僕は大事な依頼を請けていたことを思い出した」

さきほどの言葉はどこへやら、シグルーンは回れ右をする。

とても素早い。

「残念だが、今回は力になれそうにない。あぁ、本当に残念だ。諸君、後は任せたよ」

「逃げるわけ？」

今にも摑《つか》みかからんばかりの形相《ぎょうそう》で、アルティナが鋭く言う。

「に、逃げるなんてことはない。ただ、依頼があるだけで……」

「緊急依頼は他の全《すべ》ての依頼より優先される。冒険者なら、知らないはずがないわよね？」

「ぐっ……」

「本当にスタンピードが起きたのなら、あんたなんかの力も必要になるわ。逃げるなんて許さないわよ」

「……くそっ、好きにしろ！」

シグルーンは観念した様子で、近くの椅子《いす》に座る。

成り行きを見守っていたギルドマスターは、改めて口を開く。

「今朝《けさ》、王都から魔導具で連絡が届いた。ここから南方で大きな魔力の歪《ゆが》みが観測された、と。王都の見解は、強大な力を持つ、変異体が発生。その影響でスタンピードの予兆が観測されている、とのことだ」

「マジか……」

「ギルドマスター、規模はどれくらいなんだ⁉」

冒険者達はざわつきながらも、事態を把握しようと質問を飛ばす。

「予測になるが……今回のスタンピードは、天災級。魔物の数は万を超えるだろう」

「「なっ……⁉」」

皆、言葉を失う。

過去、天災級のスタンピードで十の街が滅びたという記録がある。

この街が発生地点にもっとも近いというのなら、滅びは避けられないだろう。

だからこそ、ギルドマスターの意思を確認しておきたくて、俺は口を開いた。

「冒険者ギルドは、どのような方針に？」

「迎え撃つ」

質問すると、期待した通りの答えが返ってきた。

「騎士団長と領主様と、何度も何度も話をしたが……その結論以外、ないという答えになった」

「それは、どうして？」

「普通ならば避難を考えるところだろう……ただ、エストランテの規模となると、そうそう簡単に逃げることはできない。全住民を他の街に移すとなると、数ヶ月は必要になるだろう。対するスタンピードは、これもまた予測になるが、３日後に到達する。とてもではないが間に合わない」

「なるほど……だから、パニックを恐れて街の人に知らせていないんですね？」

「ああ、その通りだ。これは騎士団も同じで、箝口令《かんこうれい》が敷かれている。キミ達も例外ではない。この情報を漏《も》らした場合は、冒険者資格の剝奪《はくだつ》だけではなくて、逮捕されて罪に問われる可能性もあるから、十分に注意してほしい」

いくらかの冒険者が顔を引きつらせた。

そんな中、アルティナが挙手して発言を求める。

「戦うことは、あたしも賛成。逃げるなんて性に合わないしね。でも、無策で挑むつもり？　天災級のスタンピードに意味もなく突撃しても、逆に蹴《け》散らされるだけよ」

「切り札はある」

ギルドマスターは、皆が見えやすいように、設計図らしきものを掲げてみせた。

「最近、王都で開発された結界を起動させる魔導具だ。従来のものより範囲は広く、エストランテなら全域を覆《おお》うことが可能となる。明日、王都から届く予定だ」

「ふむ。つまり、その結界でやり過ごそうというわけだね？　なんだ、驚かせないでくれたまえ」

シグルーンは安堵したように言う。

他の冒険者も同じような反応だ。

ただ、ギルドマスターの厳しい表情は消えない。

「結界も無敵ではない。天災級のスタンピードの魔物、全てを流して、捌《さば》けるかどうかは不明だ。また、仮に乗り切れたとしても他の街が被害に遭う。それでは意味がない」

「ならば、どうするつもりなんだい？」

「結界で街を守りつつ、一部、形状を変化させて出入り口を作る。そうして、あえて魔物を誘い込む」

「バカなっ⁉　結界があるというのに、わざわざ魔物を招き入れる意味なんてないじゃないか！　訳がわからないぞ！」

「あんた……バカ？」

「なっ……⁉」

アルティナの辛辣《しんらつ》な一言に、シグルーンは怒りに顔を赤くした。

その様子にため息をこぼしつつ、アルティナはこちらを見る。

「師匠、説明してあげて」

「あー……ギルドマスターが言ったように、スタンピードをしのぐことができたとしても、他の街が被害に遭うだけだ。他所を犠牲にして助かる方法は、納得できない。それに、他所に行った魔物が戻ってこないとも限らないし、そもそも、結界で天災級のスタンピードを防げるかどうかは未知数だ。賭《か》けに出るには、あまりにもリスクが大きい。だからこそ、戦う必要がある」

「で、あえて出入り口を作ることで、魔物の動きを誘導することができるわ。そうね……四つくらいの出入り口を作る感じかしら？　全方位から攻められるのに比べたら、遥かに楽よ。それに、魔物の動きを予測できるだけじゃなくて、簡易砦や罠《わな》などを設置しておけば、こちらが有利に戦える……っていう感じかしら？」

「ああ、その通りだ」

俺とアルティナの考えを肯定するように、ギルドマスターは大きく頷《うなず》いた。

感心したような表情に。

ただ、これくらいは誰《だれ》でも考えつくと思うのだが。

「守るための結界ではなくて、攻めるための結界だ」

「し、しかしだね⁉　それでも、天災級のスタンピードを相手にするのは厳しいのではないか⁉」

「その不安も当然だ。故に、2日、粘ればいい」

「2日……？」

「5日後に、王都から援軍が到着する予定だ。それまで時間を稼ぐことができれば、エストランテは生き延びることができるだろう」

「なんだ、援軍が来るのか！　ならば、結界の中に閉じこもれば……」

「だから、あんたバカでしょ？」

「なぁっ……⁉」

アルティナは、再びため息をこぼした。

今度は説明するつもりもないようだ。

魔物の群れが他所に行っては、援軍を派遣してもらっても意味がない。

それに、なにもしなかった場合、結界が耐えられる保証もない。

故に、魔物を適度に誘い、耐えて数を減らしつつ、援軍を待つのが一番なのだ。

「とはいえ、勇者殿が言うように、この作戦は非常に危険なものだ。緊急依頼ではあるものの、強制はしない。箝口令は守ってもらうが……今のうちに街を去りたい者は去るといい。止めはしない」

「「「……」」」

この場に集まった冒険者達は、皆、戸惑いと迷いを顔に出していた。

天災級のスタンピード。

結界という切り札があるとはいえ、相当に厳しい戦いになるだろう。

怪我はもとより、命を落とす確率が高い。

迷うのは当然。辞退しても責められることはない。

ただ……


「俺は戦う」

皆の視線が集まるのを感じた。

その上で、胸の内にある想《おも》いを言葉にしていく。

「俺の剣は、誰かを守るためにある。スタンピードを前に、できることは限られているかもしれないが……それでも、助けられる命があるのなら、剣を振ろう」

「もちろん、あたしも戦うわ」

アルティナが続く。

「師匠の弟子だから、っていうところはあるけど、でも、それだけじゃないわ。あたしは、この街が好きよ。エストランテで暮らすみんなが好き。だから……守りたい」

アルティナのまっすぐな想いは……皆に届いた。

「よ、よしっ！　俺もやるぜ、やってやる！」

「剣聖とはいえ、まだ十八のアルティナ嬢ちゃんがここまでの覚悟を見せているんだ！　俺等ベテランがビビってる場合じゃねえぞ！」

「私達でこの街を守りましょう！　ガイさんの言う通り、できることはあるはずよ！」

「おおおぉーーー‼」と、ギルド内は冒険者達の気合で満たされるのだった。

その後、急ピッチでスタンピードの対策が行われた。

打ち合わせを重ねて、完璧《かんぺき》と言える策を練り、同時に、街の四方にある出入り口にバリケードや罠《わな》を構築していく。

ここまでくると、さすがに箝口令《かんこうれい》は意味をなさない。

領主であるセリスが前に出て、ギルドマスターと騎士団長を伴い、街の人々になにが起きているか説明をした。

パニックが起きるものと思われていたが、意外にも、街の人々は冷静だった。


「スタンピードは不安だけど、でも、ガイさんがいるから、きっと大丈夫さ！」

「そうだな！　あのガイさんがいるなら、きっとなんとかなる！　俺《おれ》は、信じる！」

「私達にも、なにかできることはないかしら？　ガイさん達の力になりたいわ！」


……などなど。

なぜか、俺に対する信頼度が高くてびっくりだ。

この前のシグルーンとの試合を見ている人がいたことや、コツコツと依頼をこなしていたことが、俺の知らぬところでけっこうな評価をされていたらしい。

感謝だ。

こうして街の人々もスタンピード対策に協力してくれた。

おかげで、想定していたよりも早くバリケードやトラップを構築することができた。

そして、王都から結界を展開する魔導具も届いて……どうにかこうにか、2日と半日で対策を取ることができた。

◇

夜。

俺は宿の裏手に出て、空を見上げていた。

明日はスタンピードの名の通り、魔物の群れがやってくる。

でも、そんなことは関係ないというかのように、星は綺麗《きれい》に輝いていた。

「師匠」

振り返ると、寝間着にガウンを羽織ったアルティナの姿が。

「どうしたの、こんなところで?」

「ちょっと眠れなくて。アルティナは?」

「あたしも」

アルティナが隣に並び、同じように夜空を見上げた。

「明日、どうなると思う？　……勝てるかな？」

「もちろん」

「師匠にしては、やけに自信たっぷりね？」

「負けるかもしれない、なんて心構えで戦えるわけがないだろう？　必ず勝つ。そんな気合を込めて挑まないとな」

「そっか……そうね」

アルティナは、パン！　と自分の頬《ほお》を叩《たた》いた。

「よし！　今の師匠の言葉で気合が入ったわ！」

「そんなことして、いいのか？　眠れなくなるぞ？」

「そうしたら、徹夜で戦ってやるわ！」

「まったく、頼もしいな」

このやる気。

俺も、アルティナを見習わないといけないな。

「……ねえ、師匠」

「うん？」

「あたし、強くなっているかな？」

「ああ、なっていると思うぞ」

「本当⁉」

「きちんと日々の鍛錬を積み重ねているし……この前、軽く手合わせをしただろう？」

「露店の肉串を賭《か》けたヤツね？　師匠、ぜんぜん手加減してくれなくて、あたしが十本払うことに……くっ、師匠は食べ過ぎなのよ！」

「いや、その内の七本を食べたのはアルティナだろう？」

「……それはともかく」

　ごまかされた。

「この前の手合わせがどうかしたの？」

「あの時のアルティナの剣は、最初出会った頃よりも、ずっとずっと洗練されていたよ」

「本当⁉」

「剣のことで嘘《うそ》は吐かないさ。それに、心が込められていた。一撃一撃に、アルティナのまっすぐな想《おも》いを感じた」

「そ、そう……なんか、別の意味に取られそうで照れるわね」

「別の意味？」

「なんでもないわ！　それで、つまり……」

「自分だとなかなかわかりづらいかもしれないが、アルティナは、着実に強くなっている。俺が保証する。まあ、俺のようなおっさんに保証されても困るかもしれないが」

「ううんっ、そんなことないわ！　師匠に保証されたのなら、すごくすごく嬉《うれ》しい！　そっか、あたし、強くなれていたんだ……まだまだ成長できるのね」

アルティナは笑みを深くして、すごく嬉しそうだ。

気持ちはよくわかる。剣を学んでいても、自分の力量は測りにくいからな。

俺もひたすらに素振《すぶ》りをしていた頃は、時に行き詰まり、悩んだものだ。

そんな時はおじいちゃんに指導してもらい、褒めてもらい……何歳になっても子供のように喜んでいたことを覚えている。

「よーし！　強くなったあたしの剣で、明日はがんばるわ！」

「あまり調子に乗らないように」

「あいたっ」

弟子を諫めるのも師匠の役目と思い、ぽかっと軽く小突いておいた。

「嬉しいのはわかるけど、増長しないように。剣を誇るのではなくて、己《おのれ》の心を誇るように」

「はいっ、師匠！」

アルティナはぴしっと背を伸ばして、いい返事をしてくれた。

「まあ、アルティナなら問題ないだろうな」

「どうして？」

「先日、ギルドでの言葉、かっこよかった」

「あれは……師匠の真似をしただけというか。かっこいいのは師匠よ」

「そっか、ありがとう」

称賛は素直に受け取ることにした。

でないと、相手に失礼だ。

アルティナは俺の剣の腕を褒めてくれるが、それも、できるだけ素直にもらうようにしないとな。

とはいえ、まだまだ俺は未熟者という意識が抜けないため、なかなか難しいが。

「ねえ、師匠」

「うん？」

「……明日は、勝ちましょう」

「2日、粘ればいいんだぞ？」

「そんなのつまらないわ。スタンピードの核となっている魔物を倒して、勝利よ！」

「大胆だな」

「だって……そうした方が、被害は圧倒的に少ないじゃない」

「……そうだな」

「だから、がんばりましょう！　勝つわ！」

「ああ、勝とう！」

星空の下。

俺とアルティナは、笑顔を浮かべつつ、こつんと拳《こぶし》をぶつけ合うのだった。

巻末書き下ろしSS

『領主様は惚気たい』

セリス・ファルスリーナは若くして領主の座に就《つ》いた。

前領主である父からその座を譲《ゆず》り受けたものの、単純に血が繋《つな》がっているからという理由だけではない。

賢《かしこ》く聡明《そうめい》で、なによりもたくさんの民に愛されている。

そのようなセリスだからこそ、若いながらも領主になることができた。

そして、そのようなセリスだからこそ、両親から溺愛《できあい》されていた。

◇

「セリス！」

セリスが私室で休んでいると、勢いよく扉が開かれた。

ぜいぜいと肩で息をする父と、不安そうな顔をする母。突然の二人の訪問にセリスは驚《おどろ》くものの、その理由に心当たりがあったため、すぐに落ち着きを取り戻した。

「大丈夫か⁉　外遊からの帰り道、魔物に襲われたと聞いたが……」

「あぁ、セリス！　心配したわ……その顔をよく見せてちょうだい」

「お父様、お母様……心配をかけてしまい、申しわけありません。しかし、わたくしは、この通り問題ありませんわ」

しばし家族の抱擁《ほうよう》を交《か》わす。

そうして落ち着いたところで、改めて話をする。

「街へ戻る途中、魔物に襲われたことは事実です。ですが、護衛の皆様と、とあるお方のおかげで無事に帰ることができました」

「とある方……？」

「冒険者らしいということはわかるのですが、それ以上は……名前も告《つ》げず、立ち去られてしまったので」

「そうか。どこの誰かわからないが、その冒険者には感謝しなければいけないな。母さん」

「はい。冒険者についての情報を集めるように、手配しておきますね」

「うむ、頼んだ」

「えっと……お父様とお母様の行動は、とても当たり前のことなのですが、そういうことはわたくしが手配しますので」

「ふむ……それもそうだな。すまない、つい口を挟《はさ》んでしまった」

「いえ。心配故《ゆえ》というのは理解していますから。とはいえ、わたくしも、もう子供ではありません。そして、この街の領主です。時にお二人に助言を求めることはあるかもしれませんが、人を探すくらいならば、お手を煩《わずら》わせることはありませんわ」

「そうだな、セリスはとても優秀だ。だからこそ私は早くに一線から退《しりぞ》いて、お前を新しい領主に任命したのだからな」

感慨深そうに言う。

親にとって子供は、いくつになっても愛《いと》しい存在だ。自立して、新しい領主として立派に務めを果《は》たしているのだけど、それでも、気がつけばついつい口を挟んでしまう。

もっと娘を信じなければ、と彼は己を戒《いまし》めた。

「では、恩人の捜索については任せるが……そうだな、ちょうどいい。魔物の調査をしておくか」

「魔物の調査ですか？」

「オーガに襲われたのだろう？　しかし、あの道にそんな魔物が出現するなんて聞いたことがない。大きな災厄《さいやく》が起きるかもしれないという情報を掴《つか》んでいるが……そうだな。やはり、本格的に調査を行った方がよさそうだ」

「私達は、しばらく街を離れることになりますが、問題ありませんね？」

「はい、それはもちろん。ですが、調査ということならばわたくしが……」

「多少、手伝うくらいはいいでしょう？」

「それに今回の件は、下手をしたら街が……いや。この段階で言うことではないな。とにかく、私達が動く故に、セリスは本来やるべき仕事に専念するといい」

「はい、かしこまりました」

両親は娘を信じていないわけではない。その身を案じて、サポートを申し出てくれている。それならば断る必要はないと、調査を二人に任せることにした。

「セリスは自分の仕事と恩人の捜索に専念するといい」

「はい、そうさせていただきますわ。ありがとうございます、お父様、お母様」

「なに、当然のことをしているだけだ。愛する娘を助けてもらったのだから、このままなにもしない、というわけにはいかないからな」

「ところで……その方は、どういう人なのかしら？　冒険者ということ以外、なにもわからないのですか？」

「聞いていただけますか⁉　聞いてくださいますか⁉」

冒険者の話に触れた途端、セリスの様子が豹変した。

子供のような表情で。ぐぐっと前に乗り出して。とても元気よく言う。

「あの方を例えるのならば、そう……戦神でしょうか？　とても強く、たくましく、頼りがいのある背中でした。けれど戦うことだけを考えているというわけではなくて、澄《す》んだ優しい心を持っているように感じました。わたくしのことを気遣《きづか》っていただけるところは、とても優しく、慈愛《じあい》にあふれていて……あれこそが、あの方の本質なのでしょう。本当の意味の強さを持っていると、わたくしはそう感じました。故にわたくしは、あの方から目を離すことができず……あぁ、今でもあの勇姿《ゆうし》をはっきりと思い出すことができますわ。それはつまり……」

落ち着いたところを見せていたものの、本当は、恩人について語りたかったのだろう。

一度想《おも》いがあふれたら止まることはなくて、セリスは、両親がぽかーんとしていることに気づくことはなくて、怒涛《どとう》の勢いで感謝と親愛を語る。

それは十分ほど続いて、

「……と、いうわけでして。あの方は、わたくしにとって英雄でした。この恩は絶対に返さなければなりません。なにがなんでも探し出して、もう一度、あの方にお会いしたいと思います」

「う、うむ……素晴らしい御仁《ごじん》のようだな」

「ええ、ええ！　本当に素晴《すば》らしい方でしたわ！」

キラキラと瞳《ひとみ》を輝かせつつ、セリスは力いっぱいに語る。

そんな姿に母は苦笑した。

「ふふ。セリスは、とても良い出会いをしたみたいですね。まるで……そう、初恋の殿方と再会したかのような勢いですよ？」

「お、お母様、そ、そのようなことは……わたくしは、その……えっと」

「あらあら」

少しからかうつもりだったのだけど、セリスの反応は予想以上だ。しどろもどろになって、顔を赤くしてしまう。

娘に春が来たのだろうか？

母は喜ぶけれど、しかし、父はそういうわけにはいかない。

「なに……？　待て、セリスよ。母さんの言う通りなのか……？」

「そ、そのようなことは……ありませんわ？」

赤くなるセリスを見れば、その言葉が嘘であることは一目でわかった。

「待て……待て待て待て！　そのようなことは許さぬぞ⁉」

「お父様？」

「いくら恩人とはいえ、セリスとそのような関係になるなんて……ぐっ、認められるか！　認めるわけにはいかん！　恩を返すのならばともかく、そういうことは絶対に許さぬぞ⁉」

「まあ。お父様ったら、気が早いですわ。ですが、わたくしはそうなることもやぶさかではないといいますか、むしろ、そうなることを望んでいるといいますか……ふふ♪」

「あぁ、セリス⁉　そのような乙女《おとめ》の顔をするのはやめてくれ！　私の心が削《けず》れていく！」

「申しわけありません、お父様……一度点《つ》いた火を消すことは、女にはできないのです」

「あ、あぁ……なんということだ。私のセリスが、どこの誰かわからない男に……」

父は、この世の終わりが来たような顔をして、膝《ひざ》から崩《くず》れ落ちた。

一方で、娘は頬《ほお》を染《そ》めて、落ち着きのない様子を見せて想いを馳《は》せている。

「ふふ。なんだか、とても面白いことになりそうね♪」

そして母は、二人を見て楽しそうに笑うのだった。

あとがき

おはようございます、こんにちは、こんばんは。深山鈴と申します。

この度は、「おっさん冒険者の遅れた英雄譚」を手に取っていただき、ありがとうございます。


この本はタイトル通り、おっさんが活躍する物語なのですが、いかがだったでしょうか？　四十歳の主人公を描いたことはなく、初の試みなのでドキドキしています。

ですが、こういう主人公は素敵ですね。書いていて楽しかったです。

読者の皆様はどうだったでしょうか？

面白かった、楽しかった。少しでもそう思っていただけたら、とても嬉しいです。


元々は「小説家になろう」に投稿していた作品なのですが、書籍化にあたり、わりと大幅な改稿をしています。細かいところも色々と修正しています。

なので、サイトで読んだことがあるよ、という方も楽しんでいただけると思います。楽しんでいただけるはず！　……楽しんでいただけると嬉しいな。

不安とドキドキですね。

こうしてあとがきを書いている時は、一番、反応が気になりますね。どうなるのかな？　また読んでもらえるかな？　などなど、あれこれ考えて妄想しています。

ふへへ、なんて人様に見せられない妄想をしているのは内緒です。はっ⁉　ここに書いたら秘密にならない⁉


本当は、あと三百ページほどあとがきを書きたいのですが（嘘つきましたごめんなさい）、ページ数の都合で、最後に謝辞を。

イラストを担当していただいた紫乃櫂人先生、ありがとうございます。ついつい何度も見てしまうほど綺麗なイラストでした。

ガイやアルティナ達も素敵にデザインしていただき、とても感謝です！

担当のK様とD様、色々と相談に乗っていただき、ありがとうございます。細かいところも指摘していただいて、やはり感謝しかありません。とても心強かったです。

デザインや校正。装丁などなど、書籍化にあたり色々な作業を担当していただいた方々、ありがとうございます。

この本を応援していただいた読者の皆様、ありがとうございます。ガイやアルティナ達の冒険を見守っていただけると嬉しいです。


ではでは、この辺りで。

またお会いしましょう！

GAノベル

おっさん冒険者の遅れた英雄譚

感謝の素振りを1日1万回していたら、剣聖が弟子入り志願にやってきた

2025年2月28日　初版第一刷発行

著者　深山 鈴

発行者　出井貴完

発行所　SBクリエイティブ株式会社
〒105-0001　東京都港区虎ノ門2-2-1

装丁　AFTERGLOW

印刷・製本　中央精版印刷株式会社

ISBN978-4-8156-2957-1
Printed in Japan

ファンレター、作品のご感想をお待ちしております。

〒105-0001　東京都港区虎ノ門2-2-1
SBクリエイティブ株式会社
GA文庫編集部 気付

「深山 鈴先生」係
「柴乃櫂人先生」係

本書に関するご意見・ご感想は
下のQRコードよりお寄せください。
※アクセスの際に発生する通信費等はご負担ください。

https://ga.sbcr.jp/

試読版は
こちら!

試読版は
こちら!